LA LEYENDA DE LA CASA DEL ENCOMENDERO DE VALLADOLID

Pedro José Sierra Lira

La leyenda de la casa del encomendero de Valladolid

Pedro José Sierra Lira

bubok
EDITORIAL

© Pedro José Sierra Lira
© La leyenda de la casa del encomendero de Valladolid

Collage de fotografías: Erick Álvarez

Junio 2024

ISBN papel: 978-84-685-8227-6
ISBN ePub: 978-84-685-8226-9

Depósito legal: 16303-2024
SafeCreative: 2406278407783

Número de registro (certificado obtenido en el Registro Público del Derecho de Autor en México): 03-2022-080314113200-01, 03-2024-051411351500-01

Editado por Bubok Publishing S.L.
equipo@bubok.com
Tel: 912904490
Paseo de las Delicias, 23
28045 Madrid

Índice

I.
La casa del encomendero

Valladolid, Yucatán. La noche de un primero de noviembre en que había llovido desde la mañana y en ese momento diluviaba, convencido de que no lo recogerían ya, siendo imposible salir por la tormenta que caía sobre la ciudad, Erick cerró puertas y ventanas de la casona, localizó el mejor lugar para acostarse a dormir, en la habitación halló una vieja cama, cubrió el colchón con algunas de las largas cortinas que estaban dentro de la antigua cómoda, se quitó la camisa, quedó en camiseta sin mangas dejando ver su tatuaje del brazo izquierdo que representaba una rosa de los vientos con una calavera en medio y se acomodó esperando que parara la lluvia.

La noche era oscura, fallaba la electricidad, la calle estaba desierta y, con la paz que se respiraba, se durmió.

Lo despertó el grito del hombre que blandía una espada frente a él, vestía como si lo hubieran sacado de una representación del Quijote: amplia camisa blanca, chaleco, pantalones hasta las rodillas, medias blancas, zapatos de hebilla y tacón y el tahalí que cruzaba su pecho de derecha a izquierda.

De mediana altura, más bien delgado, piocha (la mitad canosa y la otra mitad negra), de voz grave y potente, gritaba:

—*¡Alerta que somos invadidos! ¡Ah, de la casa! ¡Aquí tengo al pirata Agramont!*

Sin reponerse aún del susto, el joven al que despertaron tan abruptamente protestó:

9

—¡Qué Agramont ni que ocho cuartos! Soy el ingeniero Álvarez y ésta es mi casa.

—¡Miserable pirata, esta casa es mía! Soy don José de Sierra, encomendero de Cacuché y parcialidades, de Chuchuen, Jonot Aké y de esta Villa de Valladolid. Tu extraña indumentaria te delata como cómplice del pirata Lorenzo Jácome.

Con la seguridad de que el hombre estaba chiflado, el ingeniero dijo riendo:

—Los únicos piratas que conozco son los del equipo de béisbol de Campeche.

—¡Ahí está, vedlo! Habéis reconocido que sois pirata y haber estado en Campeche y seguramente también en Tihosuco de donde os hicimos huir gracias a la benevolencia divina, a vuestro valor y al buen manejo de nuestras armas a pesar del cual nuestras rodelas, si bien resistieron los feroces golpes de las armas piratas, quedaron bastante deterioradas ¡Tomad vuestra espada que os voy a ensartar como aceituna por haber invadido mi hogar!

—¡Párale, amigo…!

—¡No soy vuestro amigo! ¡No soy amigo de villanos ni de trúhanes!

—Bien, pues si no eres mi amigo sal de mi casa.

—¡Tu casa! ¡Ésta es mi casa! La casa de don José de Sierra y de mi señora, doña Juana de Sugasti, natural de esta tierra, hija legítima del capitán don Diego de Sugasti y de doña Isabel Carrasco y Quiñones, vecinos también de esta villa, principales descendientes de los más ilustres conquistadores y antiguos pobladores de estas provincias que sirvieron a Su Majestad en la conquista y pacificación de ellas.

Erick, el ingeniero Álvarez, en verdad creyó que el hombre estaba loco de remate o era un magnífico actor contratado para filmarlo con una cámara oculta y reírse después de él. Así que decidió seguirle el juego.

—Perdón, don José, debo asumir entonces que algún malandrín ha abusado de mi inocencia vendiéndome vuestra propiedad como si *fuera suya. Pero por si hubiere algún error ¿Está usted seguro de que ésta es su casa?*

—¡Segurísimo, hombre!

Pasando la vista por su entorno, deponiendo un tanto su actitud bélica, comenzó a pensar en voz alta ¡Por todos los santos! ¿Qué le han hecho a la casa solariega de mi familia?

—*Éste es mi cuarto, pero el lecho no es el que comparto con mi esposa doña Juana. Han abierto una gran ventana hacia la calle y con ello nos ponen en gran peligro. No ha olvidado esta villa la terrible rebelión de los naturales en 1546. Ni podemos confiarnos en que Lorencillo, Agramont o los piratas ingleses no volverán a intentar apoderarse de estas tierras. He de averiguar quién pone en peligro a mi familia.*

—*¿Por qué piensa en piratas?*

—*Porque he de decirte que mi suegro, el capitán don Diego de Sugasti, siéndolo de una de las compañías de infantería española de la Guarda y Defensa de esta Villa de Valladolid, bajó a la ciudad de Mérida de orden del señor don Juan Bruno Tello de Guzmán, gobernador y capitán general de estas provincias, y se mantuvo en ella con la gente que llevó a su cargo, a su costa y mención, por el término de cuatro meses, debido a que las compañías de esa ciudad se hallaban en el pueblo de Tenabo adonde fueron a rechazar al enemigo que invadió la Villa y Puerto de San Francisco de Campeche y luego de orden del gobernador, sabiendo que el enemigo se hallaba en el puerto de Tihosuco con ánimo de invadir dicha villa y puerto, mi suegro, con un trozo de gente que llevó a su cargo, resistió al enemigo y fue medio para que se fuese y no lograra su intento, pero como todo esto lo hacía de su peculio, se quedó y murió sumamente pobre, quedando así su familia, como es público y notorio.*

Conozco la situación de muy cerca. Muy joven empuñé las armas. Serví en La Habana y de ahí pasé a esta capitanía de Yucatán donde casé y me avecindé en esta Villa enlistándome en una de las compañías de infantería de la guarda y defensa de ella, acudiendo con mis armas y municiones a todos los rebatos, alardes, reseñas y muestras generales de armas que se han ofrecido, con todo desvelo y cuidado, yendo de socorro a los puertos circunvecinos a rechazar al enemigo que los ha intentado invadir, cumpliendo con las órdenes que se me dan del Real Servicio, como leal vasallo de Su Majestad.

Mientras Erick escuchaba al supuesto actor, discretamente revisaba la casa y los escasos muebles en que pensaba podían haber escondido la cámara o cámaras con que lo estaban filmando. Para poder seguir revisando, preguntaba sin mucho interés al actor, que decía:

—*Fui mayordomo del pósito y alhóndiga de esta Villa de Valladolid en el año de 1701, habiendo dado muy buena cuenta de mi desempeño.*

El ingeniero, sin pensarlo mucho, le preguntó: —*¿Qué es un pósito?*

Don José, un tanto incrédulo, le contestó:

—*¡Hombre! Es un depósito de cereal de la población cuya función principal consiste en realizar préstamos de cereal en condiciones módicas a los vecinos necesitados y a los agricultores para su oportuna siembra.*

Dada la actitud del ingeniero, que no le prestaba mucha atención, lo increpó:

—*¡Por la Santa Madre de Nuestro Señor Jesucristo! Decidme ¿Qué buscáis?*

Al verse descubierto, Erick contestó:

—*Estoy revisando el estado de la construcción y el terreno en que habré de construir mi... posada.*

—*¿Vais a hacer de mi casa una posada? ¡No lo permita Dios ni lo permitiré yo mismo! Ni mi ilustre esposa doña Juana de Sugasti ni mis cuatro hijos convivirán con forasteros desconocidos.*

Blandiendo la espada se acercó a Álvarez, llegando hasta la arquería de la parte trasera de la casona. Don José de Sierra abrió la boca al punto de que se desencajaran las quijadas.

—¿Dónde está mi enorme solar? Mis caballerizas ¿Dónde están? ¿Qué han hecho de las habitaciones de mis sirvientes?

Erick comprendió que el hombre no estaba loco, que no era un actor y que no encontraría cámaras escondidas en ninguna parte. Al mismo tiempo se aterró, quedó helado, se le erizaron todos los pelos del cuerpo, dejando el corazón de bombear sangre a su cerebro.

Pero al fantasma le ocurrió lo mismo.

Se dio cuenta de que estaba en la que fue su casa, modificada durante un periodo muy largo. Cuando miró la cara del joven Álvarez, notó que estaba al borde de un desmayo. Y Álvarez comprendió que, si a los fantasmas les daban embolias o infartos, éste estaba a punto de morir de nuevo.

Puso el encomendero la espada en el tahalí, tendió la mano al muchacho, quien temblando quiso darle la mano al encomendero, pero pasó sin tocarla a través de él y nuevamente se miraron a la cara. Don José era un ente incorpóreo.

—¿Dónde está mi casa?— Inquirió tristemente don José.

—Creo que ésta era tu casa, y que de alguna manera lo sigue siendo.

—¿Dónde está mi familia?

—No lo sé, don José, pero ayer fue día de todos los santos. Hoy es el de los fieles difuntos y existe la creencia de que durante todo el día pueden venir a visitarnos nuestros seres queridos o personas que ya no viven, es decir, ánimas. Usted, es una.

El encomendero se miró las manos, no eran huesos, eran manos. Trató de tocar al ingeniero. Si trataba de tocarlo sus manos lo traspasaban sin ser detenidas por su carne y sus huesos.

—¿Soy un ánima?— Se preguntó.

—Creo que sí— Respondió Erick.— Creo que eres un fantasma, un fantasma asustado porque ignorabas que estabas muerto. No me mires así. Tú estás muerto y yo estoy vivo. Por favor, no me vayas a dar otro susto de muerte.

El fantasma sonrió.

—*No, no volverá a suceder. Decís que las almas pueden venir de visita esta noche y si vos me lo permitís, quiero quedarme aquí para esperar a las de mis seres queridos y amigos, si es que vienen ¿Qué respondéis?*

—*Digo que sí, aunque tiemble de pavor digo que sí, pero prométame que me los irá presentando conforme lleguen y que si hay entre ellos algún espíritu peligroso me lo dirá.*

—*Así será, amigo mío.*

—*Gracias, don José. Es un honor ser amigo del encomendero de la Villa de Valladolid.*

Trataron de darse las manos, pero terminaron sonriendo al ver que todo quedó en el intento.

En eso estaban cuando apareció una joven mujer blanca, de cabello castaño claro, con el pelo recogido sobre la nuca, ataviada con una camisa parecida a la su marido y encima un vestido de tela que parecía algodón, café claro, de tejido más bien grueso. Se abrazaron y besaron apartándose cuando ella se percató de la presencia de Erick.

—*Señora mía, no os asustéis* —dijo el fantasma—, *éste es mi amigo Erick Álvarez. Es ingeniero y está viendo la remodelación de nuestra casa.*

—*Señor Álvarez*— dijo, con altivez—, *soy doña Juana de Sugasti y Carrasco, hija del Capitán don Diego de Sugasti y de doña Isabel Carrasco y Quiñones, esposa legítima de don José de Sierra desde hace trece años, orgullosa de que seamos fieles vasallos de Su Majestad Felipe V "el Animoso", a quien conserve la Divina Gracia para satisfacción de su pueblo y de sus leales súbditos ¿Usted quién es? ¿Qué hace aquí? Y ¿Con qué derecho?*

La dama le cayó al joven profesional peor que un gancho al hígado e imitando su tono y actitud petulante respondió.

—*Soy don Erick Álvarez de los Reyes, hijo legítimo de Erick Álvarez de la Peña y de su ilustre esposa doña María de los Reyes* y Escobedo, y soy ingeniero. Construyo casas y palacios, caminos entre pueblos, bodegas, pósitos, y grandes posadas para los viajeros que transitan por los caminos de mi señor.

—¿Es vuestro señor don Felipe V?

—Sí, es Felipe mi señor (el presidente de México, efectivamente, se llamaba Felipe) y no puedo presentarle a mi dama porque soy felizmente soltero.

Don José, sabiendo que la cosa se pondría fea si no los detenía, dijo que estaba remodelando la casa.

—¡Esposo y señor mío, desde cuándo dejasteis de pedir mi opinión para cosas tan importantes?

Aspirando hondo y tratando de controlarse, el ingeniero dijo: —Señora, por si no se ha dado cuenta, su esposo y usted son fantasmas. Llevan muchos años muertos y, por lo tanto, no podía pedirle don José su permiso para reformar la casa que ha pasado por muchas manos antes de pasar a ser mía. Amigo José…

—¡Don José para usted, igualado!

El ingeniero Álvarez montó en cólera, pero logró controlarse. —Don José, si todos sus amigos que pueden venir tienen el carácter de su mujer yo me voy. No me necesitan. Mañana se habrán ido las ánimas y yo podré trabajar sin molestas interrupciones. Buenos días.

El encomendero tomó a su mujer del brazo, la hizo voltear hacia él, preguntándole:

—¿Estáis consciente de que estamos muertos? ¿De qué somos ánimas?

Por un instante la dama no dijo nada, sólo miraba fijamente a los ojos a su marido. Luego bajó la vista, escondió la cara en su pecho y lastimosamente contestó:

—Sí, lo sé. Lo sé, pero en estas fechas quisiera estar viva. Pasé por aquí muchas veces, vi muchas personas desconocidas, quizá propietarios posteriores a nosotros, no os vi entre ellos ni pude ver a nuestros hijos o a mis padres y seguí mi camino. Hoy, al veros, olvidé *que estamos muertos. Simplemente quise que me tomarais en vuestros brazos y sentirme viva por un momento.*

Joven, disculpadme. Mi frustración por no ver a mi familia me llevó a comportarme como le he hecho, más por misericordia, si lo sabéis, decidme ¿Por qué hoy no está mi casa abarrotada de gente?

La pregunta sorprendió al profesional. Pensó unos minutos y, más bien hablando consigo mismo, dijo que hasta hacía unas semanas la casa estaba ocupada. Que la familia que la habitaba acostumbraba poner un gran altar de muertos en el que colocaba fotos de sus difuntos, flores, velas y las cosas que les gustaba comer y beber. Seguramente las almas de los muertos de esa familia invadían la casa y como no los conocieron en vida, eran extraños para don José y para usted, doña Juana.

—*Me suena lógico* —dijo ella.

—*A mí también* —agregó él, sonriendo.

—*Así es que, por cierto, amigo Álvarez ¿Qué ofrenda nos habéis traído?*

Erick también sonriendo explicó que nunca hubiera soñado siquiera encontrarse en esta situación, pero si ellos le decían qué les gustaba se los traería.

—*Con esta lluvia no me parecería razonable que salierais. Y díganme qué les gusta, para conseguirlo cuando deje de diluviar.*

—*A mí los cocidos, el jamón de cerdo manchado de jabugo y el vino rojo.*

—*A mí las frutas de mi tierra, acompañadas de jamón y quesos, las tortillas de patata, los cocidos y el buen vino* —agregó ella.

Con cierta desconfianza se materializó muy lentamente un ser que por su indumentaria debía ser militar, y lo era, porque el encomendero lo recibió con gran beneplácito.

—*¡Don Domingo!*— Le dijo, lo abrazó y presentó diciendo:

—*Señor Álvarez, os presento al capitán don Domingo de Urgoytia y Carrillo, vecino de Mérida y procurador general en ella. Capitán, no sé si estéis enterado de la situación, pero somos ánimas, entes incorpóreos que por alguna razón estamos hoy en el mundo de los vivos ¡Don Pedro!*— Exclamó ante la presencia de otro militar, dirigiéndose a Erick lo presentó como el capitán don Pedro Díaz de Ávila, vecino de Mérida y encomendero de indios de Su Majestad. Antes de que pudiera presentar a Erick llegó el capitán don Carlos Fernández de Tejada, lo introdujo y explicó:

—*Este joven es don Erick Álvarez de los Reyes, actual propietario de mi casa, al que ruego os dé razón del por qué estamos acá.*

El ingeniero, después de aspirar profundamente, explicó que no sabía a ciencia cierta cómo habían llegado "tan ilustres personas" a la casa esa noche, pero que, basándose en las creencias populares, dado que era la madrugada del día dos de noviembre, ese día vuelven las almas de los fieles difuntos a visitar a sus familiares con los que permanecen hasta el anochecer porque entrado el tercer día de noviembre retornan al lugar de donde vinieron.

—*Doña Juana me contó que en otras ocasiones para estas mismas fechas vino a esta casa, pero estaba llena de personas desconocidas para ella.*

Me referí a la costumbre de los pobladores de estas tierras, de colocar en sus casas altares dedicados a sus difuntos y que además de símbolos religiosos ponen las cosas que les gustaban a sus muertos, sus guisos, postres y bebidas preferidas para que los espíritus disfruten la esencia de los manjares ofrendados y después comen los vivos la sustancia de cuanto se preparó con esmero para los finados. Creo— continuó Erick—, *que hoy no se encontraron con gente desconocida, porque habiendo desocupado la propiedad, los últimos moradores a los que se las compré, este año no pusieron aquí su altar para sus ancestros y familiares, y estando despejado el camino llegó don José, luego doña Juana, don Domingo, don Pedro y finalmente don Carlos, sin que pueda explicarme cómo llegaron los capitanes aquí, porque entiendo que ninguno de ustedes, señores, habitó en esta casa ¿Me equivoco?*

—No— Dijo el encomendero de indios de Su Majestad don Pedro Díaz de Ávila—, *no os equivocáis. Por lo que a mi concierne, nunca viví en esta casa, pero en el mar de almas que estaba en marcha reconocí a don José de Sierra y a su digna esposa, doña Juana de Sugasti, me pareció ver a sus suegros el capitán Diego de Sugasti y doña Isabel Carrasco y Quiñones, al hermano de don José, el doctor don Eduardo, a mis compañeros de armas, al capitán don Juan Martínez del Vivero, al licenciado don Francisco Barbadillo y Victoria, Teniente General y Auditor de Guerra de estas provincias por Su Majestad, y a don Antonio Magaña, escribano público y real, que es de todos nosotros conocido.*

Como si hubiesen sido invocados, aparecieron los espíritus de los nombrados por don Pedro Díaz de Ávila, explicando que hacía algún tiempo que habían llegado, pero no se atrevían a manifestarse debido a que no reconocían la casa ni a su morador, más habiendo visto a don José de Sierra, a su señora esposa y a sus amigos capitanes del Rey, y escuchado todas las historias referidas en cuanto a costumbres, decidieron en conjunto presentarse porque no tenían ningún lugar específico al cual ir, y don Juan de Magaña, cura beneficiado por el Real Patronato del Partido de Homun, también decidió aparecerse, lo que los decidió a hacerlo.

Se hicieron presentes los papás de don Diego de Sugasti, el padre que llevaba el mismo nombre y también capitán, y doña María de la Torre y Arismendi ¡Y los padres del padre! Los abuelos de la esposa del encomendero, el capitán don Íñigo de Sugasti y doña María Chamiso Rosado, su ilustre esposa.

Cuando comenzaron a hacer méritos de sus actuaciones en combate con los enemigos de Su Majestad, y de las peleas que habían sostenido con los diversos piratas que asolaron las costas de la Capitanía de Yucatán, el ingeniero se tiró nuevamente en su cama sin ningún interés en lo que contaban, además de que por el lenguaje usado lo que decían era para él ininteligible.

Sólo logró entender algunas palabras, que comenzó a anotar con el bolígrafo (que llevaba en la bolsa superior izquierda de su guayabera que se puso en cuanto fueron llegando las damas), en un papel que doblado guardaba en la camisa, anotando que don Íñigo fue alcalde ordinario y de la Santa Hermandad de quién sabe qué. Que fue por partes paterna y materna de las casas de Sugasti Ruis Gavedia y Cuaco, solares infanzones conocidos y notorios hijosdalgo libres de todo pecho y tributo, habiendo desempeñado oficios muy honrosos en el Señorío de Vizcaya, los que se suelen dar a personas de sangre limpia...

Y se durmió.

Despertó a eso de las ocho de la mañana, cuando sus empleados se presentaron como perros con los rabos entre las patas, pensando que los iba a despedir por haberlo abandonado en la casona. Se dieron cuenta de que se olvidaron de él cuando descubrieron por la mañana, su celular en la camioneta que usaba, y que se llevó su chofer, y al saber que no se subió a ninguno de los vehículos que habían llevado para la inspección y levantamiento de planos.

Curiosamente no estaba enojado. Sólo dijo que se había dormido en la vieja casa y tenido un raro sueño.

Que ya medio dormido oyó llegar a un tal don Enrique Alanís y Vergara y al fraile franciscano don Mario de Martínez, al que volteó a ver por curiosidad. Era el monje un hombre alto y flaco, muy blanco, como si su piel jamás hubiera sido tocada por el sol, de cara larga, escaso cabello rojizo; que vestía hábito y llevaba al cuello una burda cruz de madera atada con un cordel. Cuando los fantasmas vieron a don Enrique empezaron a insultar y a querer agredir al "renco Alanís" que, junto con él hombre de Dios, se había materializado. El fraile se interpuso gritando: —"¡Vive Dios! Estáis equivocados". El renco fue acusado por otro comerciante por apostasía. Alanís hacía mejor uso de los repartimientos porque los indios confiaban en él y le entregaban con preferencia sus productos, que comercializaba en Mérida. Por eso lo acusó el comerciante deshonesto, presentando testigos falsos que fueron castigados conforme a la ley. Pero antes de que se descubriera la falsedad del delito que se le imputaba fue sometido a tormento para obtener su confesión, lo que nunca ocurrió. Entre otros, se le sometió al tormento del potro para descoyuntar todos sus huesos. Y hubiera muerto en él si no fuera porque sus empleados y vecinos declararon a tiempo que nunca lo escucharon hacer afirmaciones contra la religión o contra nuestra Santa Madre Iglesia o abjurar de nuestra sagrada y verdadera fe. También demostraron que el acusador, Jiménez, hizo mediante dádivas que quebrantaran sus testigos los mandamientos, en forma muy especial el segundo y el octavo, porque no sólo dieron falso testimonio y mintieron, sino que tomaron en vano el nombre del Señor al jurar frente a su sagrada y bendita cruz, hechos completamente falsos.

—*Comprended que el hombre es inocente. La benevolencia de nuestro Padre Celestial, por la intercesión de Nuestro Señor Jesucristo y de su Sagrada Madre María hizo para demostrar su inocencia el milagro de que dejara de cojear, se curara su cadera y, como podéis ver, creciera en altura.*

Alanís caminó ante ellos, ya no cojeaba y su estatura era mayor. Al contar Erick esta parte del sueño, afirmó haber visto a Alanís, el supuesto cojo, que caminaba normalmente y los empleados del ingeniero Álvarez comenzaron a ver a su jefe como bicho raro.

El resto del día el constructor lo pasó inquieto. En su casa comió pibes,[1] xe´ek,[2] dulce de papaya y de ciricote,[3] no hizo sies-

---

1. El "pib" es la comida tradicional yucateca, es un tamal grande que se prepara con masa, manteca y recado de achiote, se rellena de pollo o puerco y se envuelve en hoja de plátano.
2. Ensalada.
3. Fruto carnoso.

ta porque no estaba cansado. Le pidió a su mamá que ordenara que prepararan diez tortillas de patata, consiguió jamón serrano, pan francés, sacó de la despensa de su casa una lata de aceite de oliva, compró seis botellas de vino tinto, vasos, platos y cubiertos desechables, tablas, tabiques y manteles, fue con su novia a la casona, pusieron un altar, colocaron flores, veladoras, fruta, pibipollos[4] sustraídos de la cocina materna, lascas de jamón ibérico, pan cortado en rebanadas y frito en aceite de oliva y ajo, las tortillas de patatas y las seis botellas de vino tinto descorchadas.

A las diez de la noche, las ánimas comenzaron a presentarse. Después de haber presentado a su novia, que se había vuelto muda, explicaron de buen humor que habían recorrido toda la villa y sus alrededores, el convento, la Plaza de Armas, el edificio del Ayuntamiento, asombrándose por los cambios que fueron descubriendo, por los carromatos que andaban sin ser tirados por mulas o caballos, se pasearon por las calles llenas de vivos y de seres incorpóreos como ellos, todos muy amables; a invitación de algunas de esas ánimas entraron a las casas de sus deudos, les explicaron al encomendero y a sus acompañantes, quiénes eran los invitaron a probar los hanal pixanes[5] elaborados para ellos, sus difuntos, deleitándose con las esencias que emanaban de los manjares, pero sabiendo que su amigo Erick, el caballero germánico los estaría esperando, decidieron volver para despedirse y agradecerle sus muestras de amistad.

Doña Juana de Sugasti tomó la mano de su esposo mientras decía: —*Joven amigo, en la época que vivimos siempre temíamos*

---

4. Tamal de pollo, formado por elementos estrictamente de la región de la Península de Yucatán, como lo son el achiote, las hojas de plátano, el tomate y el epazote.
5. El hanal pixán o "comida de las ánimas", es una tradición del pueblo maya que se lleva a cabo para recordar de una manera especial a los amigos y parientes que se adelantaron en el viaje eterno, del 31 de octubre al 2 de noviembre, las ánimas "reciben permiso" para visitar a sus familiares.

levantamientos de los encomendados, no por culpa de los encomenderos, que se entendían bien con ellos y los apoyaban, sino por rencillas ocasionadas por los comerciantes que hacían mal uso de los repartimientos, tratando de abusar de quienes estaban bajo nuestra protección. Por ello hacíamos acopio de armas para cuando de orden de Su Majestad tuviéramos que defender sus dominios.

—*Hemos comprobado, don Erick Álvarez—* dijo el encomendero —*que sois hombre de honor y buen corazón. No quisiéramos perder contacto con vos ni con vuestra descendencia. Sería muy grato para nosotros que nos invitarais a pasar en nuestra antigua casa los días de difuntos de cada año. Por lo pronto, damos debida cuenta de las exquisiteces con que nos convidáis, cuya esencia no sólo llevaremos en nuestros fantasmales estómagos, sino también en nuestros espirituales corazones.*

Doña Juana, tomando la palabra y las manos de las demás damas presentes, con coquetería, solicitó a su amigo mortal que, si no fuere demasiado problema para él, dispusiera de un espacio "adecuado y elegante" para que el próximo año, al venir a su encomienda de Valladolid, pudieran bailar algunas de las contradanzas traídas de Francia o las de moda en España en los mil setecientos.

—*Podríamos invitar a músicos de la Capitanía de Yucatán o de la capital de la Nueva España, pero quizá no os sentiríais muy cómodos entre tanto fantasma ¿Por qué eso somos, no es verdad? Así es que, si conseguís partituras de bailes de salón de nuestra época, gustosamente bailaremos para ustedes, les invitaremos a bailar, disfrutaremos de la esencia de los platillos del ambigú que preparéis para nosotros y compartiremos con vosotros las deliciosas viandas que en su materialidad no podemos consumir, pero vuestras mercedes sí.*

—*Amigo, como decía mi señora esposa doña Juana de Sugasti con anterioridad, todos los siervos de Su Majestad guardábamos armas para entregar a los hombres a nuestro cargo a fin de defender los dominios de nuestro Rey, y de paso guardábamos en plata y oro los* fondos que se requerirían para costear a nuestras tropas. *Sabed que nuestro escondite no ha sido hallado. Todo lo que ocultamos en él es ahora vuestro y de vuestros descendientes. Dadle buen uso. A unos tres metros del brocal del pozo hay unas piedras que pueden desprenderse con facilidad. Quitadlas con cuidado de que no caigan al fondo, porque os volverán a servir para cerrar el escondite.*

Bueno amigo, esta vez el tiempo se nos acaba. Debo preguntaros si os importaría que nuestra visita se extendiera la próxima vez a otras casas y plazas, porque las ánimas de los vecinos de nuestra Villa también quieren participar ¿Es posible?

Mientras los visitantes de ultratumba comenzaban a desaparecer, Eric gritó:

—¡Síí!

—Por último, Álvarez, *arregladnos un aposento para doña Juana y para mí. No olvidéis las comodidades del aguamanil ni una tina...*

Ya no se escuchó más.

Erick terminó la primera parte de su hotel en octubre. Respetó la fachada de la casa que conocieron sus inesperados visitantes, construyó un gran salón como vestíbulo del hotel, durante muchos meses hizo ensayar a músicos locales, pactó con autoridades y comerciantes que se unieron a la iniciativa de hacer de Valladolid la capital de las ánimas y desde entonces don José de Sierra y su ilustre esposa doña Juana de Sugasti tienen en la casa del encomendero un aposento con todas las comodidades existentes en los principios del siglo XVIII.

Por cierto, ni el fraile franciscano ni don Enrique de Alanís y Vergara quisieron regresar a su dimensión.

Se dice que deambulan por la ciudad, por la casa del encomendero, la Calzada de los Frailes y el convento de San Gervasio y que muchos pobladores los han visto o sentido ¿Será cierto?

II.
Piratas

El tiempo transcurrió vertiginosamente

Erick, cumpliendo con su palabra, se dedicó a arreglar y embellecer lo que quedaba de la casa del encomendero don José de Sierra y, como en un pueblo pequeño las noticias corren a gran velocidad, todos los habitantes se enteraron de la visita de las ánimas queriendo participar en el reencuentro anunciado para el siguiente dos de noviembre.

Para comenzar, los vecinos de esa calle desde el mes de octubre pintaron las fachadas de sus casas y las iluminaron, dejando la Calzada de los Frailes más bella que nunca.

Los que tenían objetos antiguos, los trajeron sin más interés que aportar sus bienes ante un suceso extraordinario, y Erick los aceptaba agradecido, aunque supiera que no podía usar los objetos de peltre despostillados, las cafeteras abolladas, las bacinicas y otros mil objetos que decidió poner como decoración, en repisas en el patio.

Algunos de los turistas que estuvieron en la ciudad el año anterior, regresaron trayendo ropajes de los usados en sus países de origen durante el siglo XVIII y aun partituras de música de moda en ese entonces.

El primero de noviembre llegó.

Apenas se habían reunido en la antigua casa Erick Álvarez y sus amigos, se hicieron visibles muy sonrientes don José de

Sierra, doña Juana de Sugasti, los padres de ésta, el capitán don Diego de Sugasti y doña Isabel Carrasco y Quiñones, quedando maravillados de los cambios hechos a lo que quedaba de la casa del encomendero.

—*¡Es muy pequeña!*— Exclamó doña Juana —*¡Pero es bellísima!* —Doña Isabel apoyó el comentario de su hija, don José lamentó que su antigua casa se hubiera reducido tanto y, sin embargo, apoyado por su suegro, expresó que era un aposento palaciego el que había creado Erick.

—*¡Sí que tenéis palabra, joven amigo!*

No pudieron continuar con los elogios debido a que apareció el capitán don Domingo de Urgoytia y Carrillo, Procurador General en Mérida que llegó acompañado de otro militar al que presentó como el capitán Caballero, artillero de la fortaleza de San Benito. Don Diego de Sugasti se vio incómodo y en tono de pocos amigos inquirió al procurador:

—*¡Señor mío! ¿Os atrevéis a traer piratas a esta honrada casa? ¡Válgame el cielo! ¿Qué está sucediendo?*

—*¡Capitán de Sugasti!*— Increpó don Domingo —*¡Si nuestro señor, el Rey de España, liberó de toda responsabilidad al capitán Chevalier! ¿Quién sois vos para cuestionarlo? El señor Caballero, Alberto Caballero, esposo de doña Inés de Salgado, hija del Sargento Mayor de la Villa de Campeche pasó a radicar en Mérida donde goza no sólo de aceptación, sino de estimación.*

Don Diego de Sugasti aspiró profundamente y no pudo hablar, porque lo hizo el capitán Caballero.

—*Don Diego*— dijo —*ya no somos ni personas ni militares ni piratas ni defensores de los dominios del Rey. Somos ánimas. Almas. Espíritus. Ya estamos más allá del bien y del mal, y si hoy me encuentro entre vosotros es porque entre los miles de ánimas que vagan por esta Capitanía de Yucatán, reconocí a don Domingo de Urgoytia y Carrillo, con quien en vida tuve tratos y lo he seguido hasta aquí. Nací en Saint Malo, de honrados padres Roberto Chevalier y*

Gervasia Meline, esa parte de Francia fue refugio de corsarios que navegaban con patentes expedidas por el rey. Me embarqué siendo muy joven con patente de corso, no fuera de la ley, ejercí mi oficio y ahorré lo suficiente para retirarme, casé con doña Inés de Salgado, obtuve habilitación y licencia de vuestro rey y ahora también rey mío para radicar en las indias y obtener empleos como los naturales de Castilla o de las Indias. Fue así que don Martín de Urzúa y Arizmendi, gobernador de esta capitanía me nombró artillero del Castillo de San Benito, en Mérida, dados los conocimientos en la materia que adquirí durante el tiempo que navegué.

A ninguno de los aquí presentes hice daño ni a ningún vecino de estas tierras, pero si mi presencia os ofende, me iré.

No hubo tiempo de que nadie más hablara. Don Pedro Díaz de Ávila, que había aparecido poco antes, dijo que él no había vivido en esta casa, pero llegó siguiendo a don José de Sierra y a su esposa doña Juana de Sugasti, al doctor Eduardo, hermano de don José, al Teniente General y Auditor de Guerra de estas provincias, don Francisco Barbadillo y Victoria, al escribano público don Antonio y al cura de Homún, Magaña.

—Debo recordaros que lo que pasó, pasó. Que ahora nada podemos hacer para deshacer lo hecho y que lo que está ocurriendo en esta casa, al menos por lo que me consta, no es normal.

Así las cosas, aparecieron don Enrique de Alanís y Vergara y el fraile don Mario de Martínez, que confesaron que cuando las ánimas se fueron el año anterior, ellos se quedaron, pero no eran las únicas almas que deambulaban por la Villa. Hallaron almas de hombres y mujeres de origen europeo que habían vivido mucho antes que ellos en esta Capitanía General o un siglo después, y miles de almas de mayas llenos de odio y rencor que deseaban ir esa noche a la casa del encomendero a exponer sus demandas, a las que tuvieron que convencer de que esperaran mejor oportunidad para presentarse. Entre esas almas destacan las de piratas que estuvieron en estas tierras en distintas épocas.

Diego el Mulato dijo que él nunca pide permiso y que esta noche vendrá.

Mundaca, que vivió en Isla Mujeres y en Mérida quiere también venir.

Pierre Laffite, enterrado en esta península, pide que se le acepte entre nosotros y otros más creen que son tan dignos como los reunidos para venir a esta casa.

—*Pensamos que los hemos controlado y convencido, pero hay espíritus muy tercos, algunos gozan convirtiéndose en espantos y causando terror entre los pobres pobladores de estas tierras.*

Erick y sus amigos observaban y en sus fueros internos reconocían que los invadía el temor porque, por lo visto, no todas las almas estaban en paz.

Tratando de aliviar la tensión, el nuevo dueño dijo a los espíritus que ya estaba listo el altar con las ofrendas que habían preparado, que no habían puesto retratos de ellos porque no habían encontrado en ninguna parte sus imágenes.

Doña Juana de Sugasti, muy orgullosa, de inmediato se ofreció a posar ante el pintor que don Erick designara, siguiéndola algunos otros de los reunidos, aliviándose las tensiones, hasta que el olor a carne asada llenó el lugar.

Doña Isabel Carrasco y Quiñones preguntó a su esposo el capitán Diego de Sugasti.

—*¿Sentís el olor a carne asada?* Intenso y desagradable.

—*Don Erick, entre vuestra ofrenda ¿Estáis asando carnes?*

—*No* —respondió el interpelado—, *pero también percibo el olor muy intenso a carne asada.*

Todos dirigieron la vista hacia el sitio, un oscuro rincón del que provenía aquel olor y vieron que temerosamente comenzó a aparecer el cuerpo de un hombre al que le faltaban pedazos de carne. Tenía cara de estar sufriendo terribles dolores y se retorcía. Entonces el Procurador General don Domingo de Urgoytia y Carrillo gritó:

—¡Es el traidor Juan Venturate! ¡El que permitió al pirata Parker invadir la Villa de San Francisco de Campeche![6] ¡Apesta a carne quemada porque fue atenazado como castigo por su traición!

Fray Mario de Martínez a gritos le ordenó:

—¡Engendro del demonio, id al infierno a seguiros quemando! ¡Nada tenéis que hacer entre nosotros!

Lo que a gritos repitieron todas las ánimas, gritos que se escucharon afuera de la casa e hicieron que los vecinos huyeran por todos lados, quedando tan sólo Erick, don Gerardo Correa, el secretario Ernesto Herrera, el presidente municipal y Leonel Escalante el cronista de la ciudad, por su gran valor o porque el susto les impidió moverse.

Aprovechando la situación, las ánimas fueron saliendo después de ponerse de acuerdo para regresar a las once de la noche, pidiéndole a Erick que no dejara que dispusieran de las viandas porque deseaban disfrutar sus esencias al volver, ya que no pudieron hacerlo antes por la peste que dejó Juan Venturate.

El propietario de la casa y sus invitados se retiraron acordando estar ahí una hora antes de la cita con las almas.

Cada quien se fue a sus actividades. Adentro de la casa se quedaron el fraile y el comerciante. Por eso, al regresar Erick y sus amigos, les extrañó escuchar cantos, una habanera que ninguno había escuchado antes, que decía:

Los lindos ojos
de la trigueña
han hechizado
su corazón
y él, que trafica
con los esclavos,
en un cautivo
se convirtió.

6. En 1597.

29

De África ellos,
él de Bermeo,
sin diferencias
por el color,
cualquiera puede
ser un esclavo
si se presenta
la situación.

Fermín Mundaca
el esclavista
se volvió esclavo
por el amor.

el vizcaíno
loco se ha vuelto,
pues la trigueña
lo rechazó

y es su deseo
pronto estar muerto,
pues tiene roto
el corazón.

¡Ay, la trigueña,
trigueña linda,
la bella isleña
que lo embrujó!

¡Casó con otro
y con su desprecio
clavó un puñal
en su corazón!

Entraron a la casa y vieron que, con fray Mario de Martínez y don Enrique Alanís y Vergara, estaba un hombre maduro sentado con los codos en las rodillas y la cara entre las manos, llorando, mientras cuatro marineros con sus guitarras le cantaban a su capitán la habanera que para él compusieron y con sentimiento la interpretaban comprendiendo el dolor de su jefe y amigo.

Fray Mario presentó a todos; Mundaca apenas volteó a verlos, hasta que el señor secretario le dijo que su suegro era de Isla Mujeres y había escuchado que descendía de la Trigueña.

Entonces el esclavista reaccionó:

—*¿Sabéis qué fue de ella? ¿Qué fue de la vida de mi amada? De mi adorada Martiniana. Tenía los ojos más bellos del mundo, enmarcados por preciosas y rizadas pestañas. Eran ojos coquetos, oscuros, con un increíble brillo que destellaba como si tuviera diamantes en ellos. Su piel tostada por el sol y su cuerpo perfecto me enloquecían ¡Pero nunca fue mía! Decía que el amor que yo deseaba, una mujer honesta sólo lo daría a quien la llevara al altar y ése desgraciadamente no fui yo.*

Con voz quejumbrosa indagó:

—*¿Qué fue de ella?*

El interrogado respondió que había escuchado que la Trigueña amaba al capitán Fermín Mundaca, pero éste siempre estaba de viaje, así es que cuando su amado tardó mucho en su último viaje, creyendo que no volvería, casó con otro pretendiente, ancestro de su suegro.

—*¿Entonces me amaba?*

—*Por lo que me han contado, sí*— dijo el secretario.

—*¡Es un consuelo saberlo, creo que puedo dejar de penar! Recorrí las calles de Mérida repitiendo su nombre como un loco y muriendo poco a poco de dolor ¡Ya podemos irnos mis marineros!*— Dijo a sus acompañantes—. Gracias por vuestra fiel compañía en el mundo de las ánimas.

31

Al desaparecer Mundaca, notaron a un hombre moreno, alto, bien parecido, vestido con elegancia, de ojos claros, muy serio, acompañado de un adolescente de unos trece años, alto, fornido, blanco de piel quemada, cabello sobre la frente cubriéndole las orejas, de mirada alerta, sonriente, con ropa semejante a la de su padre.

—¿*Sabéis quién soy?*— Preguntó el hombre. —No— Respondió Erick.

—¿*Quién eres?*

—*Me conocen como Diego El Mulato. Fui temido por no tener piedad, pero fue lo que aprendí. Mi padre, un hombre blanco maltrataba a mi madre, una negra de Cuba. Ahí nací. Cuando niño, por el abandono de mi padre todos abusaban de mí. Fui esclavizado y maltratado, traído a la Villa de San Francisco de Campeche, donde me fue peor. Juré vengarme de quien me hizo daño y cumplí mi juramento tanto como pude. Protegí a las damas en lo que estuvo a mi alcance, tuve varios hijos de diferentes madres, pero es éste, Dieguillo, el que siempre me acompaña. Estuvo en muchas batallas, tuvo que participar en ellas, pero nunca lo disfrutó. Él deseaba una familia y a mi muerte la tuvo. No sé cómo llegamos aquí a esta casa, creo que por seguir a un pirata llorón y a sus marineros que cantan y tocan la guitarra y eso llamó la atención de mi hijo y la mía. Os veo asombrados. Decidme ¿Hay algo que deseéis preguntarme?*

Erik, con miedo, preguntó:

—¿*En verdad eras tan cruel como se dice?* —Alzando y bajando los hombros contestó:

—¿*Habéis estado en alguna batalla? Supongo que no. Nosotros, los piratas, exponíamos la vida en cada abordaje de una presa. Un instante de vacilación podía costarnos la vida. No teníamos tiempo para dudar. Era matar o morir ¡Y siempre procuré vivir! Además, me mantenía vivo el deseo de venganza. Imagino que no sabéis qué se siente el ser despreciado, incluso por vuestro padre, que ignoráis lo que es ser un niño esclavo maltratado, humillado como lo fui por el* capitán Domingo Rodríguez Calvo, un rufián que se sentía superior por el color de su piel y su fortuna, y del que hui en un barco, habiendo tenido la suerte de conocer marinos holandeses que me trataron bien por lo que me uní a ellos. Entre los piratas no había injusticias, todos éramos iguales. Cada uno sabía cuánto le correspondería de las ganancias y también sabíamos que en caso de ser heridos o perder un miembro recibiríamos una compensación, todo constaba en la Charte-Partie que firmábamos. La camaradería y la lealtad eran nuestras únicas normas, y por mi valor y destreza llegué a ser capitán de uno de los barcos. Siempre quise demostrar que el dinero o la raza no nos hacen superiores; por eso cuando tuve a mi merced a Domingo Rodríguez, le corte las orejas y la nariz para que resultara repugnante a quienes lo vieran.

Asaltamos la Villa de Campeche[7] y en el asalto murió mi padrino, militar del Ejército del rey destinado a esta Capitanía, un gran hombre al que quise y respeté, el capitán don Domingo Galván Romero, que fue quien me llevó a bautizar en La Habana, sin embargo, no encontré esa vez al capitán Rodríguez Calvo, y no consumé mi venganza.

El botín obtenido en Campeche, incluyendo el palo de tinte que encontramos en la playa, fue bueno, sin embargo, no nos pagaron los cuarenta mil pesos que pedimos como rescate y opté por desembarcar a los prisioneros que habíamos hecho y ya no nos servirían para nada. Pude haberlos matado y permitir que mis hombres ultrajaran a las mujeres, pero no lo hice.

A doña Isabel de Caraveo, viuda del gobernador Centeno Maldonado, en otro abordaje la hicimos presa en el mar y la protegí y desembarqué, junto con los pocos bienes con los que viajaba, cerca de Campeche.

No creo ser el monstruo que decís, pero di ejemplo de valor a mis hombres, siempre fui fiero en el combate. No había más que matar o morir y opté por vivir ¿Qué hubierais hecho vosotros?

---

7. 11 de agosto de 1733.

Como todo humano amé, amé mucho, a mis mujeres y a mis hijos. De Dieguillo, que me acompaña, dijo señalándolo, estoy orgulloso. No sólo es un gran hijo, sino también un fiel compañero.

Tuve una hijita en Cuba, pero su madre no me dejaba verla. Pude haber matado a la madre y llevado a la niña conmigo, pero la hubiera expuesto a mil peligros y ella me hubiera odiado para siempre si hubiera acabado con su mamá. Preferí darles bienes y tratar de olvidarlas, sin embargo, a un hijo nunca se le olvida. Aunque Diego no murió junto conmigo, porque a mi muerte formó familia y murió de viejo, me buscó en el más allá y nuestras almas viajan juntas. Desgraciadamente poco después del asalto a Campeche del que les hable, mi amigo, el capitán Diego Jol, holandés al que llamaban Pata de Palo, murió cuando naufragó su barco cerca de Cuba.

Con el relato el tiempo fue pasando y al dar las once de la noche, Diego El Mulato y su hijo desaparecieron.

Mientras tanto, muchos vecinos entraron y trajeron viandas para las ánimas. Aun cuando no pudieran permanecer en el interior, todos querían contribuir en aquel suceso inusitado y realmente lo lograron. Las ánimas elogiaron mucho lo traído por Erick, pero no menos el puchero de gallina de doña Chonita, el relleno negro de doña Rosy, el escabeche oriental de doña Juanita, los huevos con longaniza de doña Lupita y el queso relleno de doña Rosa Argelia. Los aromas de esos guisos nutrieron a las ánimas y cuando éstas se dijeron satisfechas, se sacaron las mesas con la comida para que los vecinos la disfrutaran.

Fray Mario, que normalmente era el retrato mismo de la seriedad, estaba sonriente y complacido disfrutando esos momentos, cuando don Enrique de Alanís se acercó a él y le susurró al oído:

—*¡Quieren entrar!*

Entonces desaparecieron y fueron al convento de San Bernardino de Siena, donde miles de almas reclamaban ser oídas. Eran decenas de miles de espíritus de mayas, blancos, mestizos mayas y africanos.

Todos querían hablar al mismo tiempo. El fraile se paró frente a ellos y no habló en el nombre de Dios, sino en el de la cordura y la razón.

—Sé que tenéis muchas cosas que decir y aún más qué reclamar, pero en nuestras condiciones de espíritus no pueden ser las pasiones humanas las que motiven nuestras acciones. No podemos matarnos entre nosotros, pues ya estamos muertos, no podemos herirnos ni causarnos dolor. El dolor está en cada uno por lo que nos hicieron y por lo que hicimos, porque ninguno se encuentra libre de culpas ¿Qué pasó con nuestras esposas, con nuestros hijos, con nuestros padres y hermanos? Quizá no todos, pero muchos lo sabemos debido a que, o lo presenciamos o hemos encontrado sus almas en nuestra dimensión.

¿Por qué ir todos, hoy, a la casa de Don José de Sierra?

—La mayoría de las almas presentes no lo conoció ni conoció a quienes casualmente llegaron a una vieja casa que fue del encomendero, pasó por muchas manos y hoy es de un ingeniero que trata de convertirla en una posada ¿Qué queréis? ¿Ser escuchados? ¿Sabéis lo que queréis decir? ¿O se trata únicamente de fastidiar, de tomar venganza? ¿Pero contra quién, si ya no vive quien os ofendió?

—El tiempo para nosotros no cuenta, así es que ¿Por qué no organizarnos y elegir a los más elocuentes para plantear a los mortales lo que queramos?

—La casa del encomendero es actualmente muy pequeña, pero este atrio es grande ¿Por qué no traer aquí el próximo dos de noviembre a quienes vosotros decidáis y hablar de cuanto os motiva?

—¿Cómo sabemos que vendrán, si nunca nos han hecho caso?—

Preguntó una de las ánimas.

Fray Mario de Martínez respondió:

—¿Yo os fallé alguna vez? ¿Dejé de escucharos cuanto tuvisteis algo que decirme? ¿Creéis que no soy confiable? ¿Qué mi palabra de hombre honrado no vale?

Fue el silencio el que respondió.

—*Idos pues, id en paz y el próximo dos de noviembre nos vere-*
mos aquí mismo ¿Os gustaría saborear las comidas de ánimas? ¿Unos
buenos pibipollos? A mí sí— Dijo sonriendo, fray Mario.

Y todos se retiraron, menos dos: un hombre blanco delgado, musculoso, de cabellera quemada por el sol, con barba entrecana, así como un joven de aspecto europeo, cabello hasta los hombros, tez bronceada y actitud de seguridad absoluta, que lo acompañaba, tan parecido a él que tenía que ser su hijo.

—*¿Y vos quién sois?*— Le preguntó amablemente fray Mario. El hombre mayor respondió con tranquilidad:

—*Soy Pierre Laffite. Vosotros no me conocéis porque nací y morí mucho después que vos, hombre de Dios. Pero si nos permitís acompañaros a la casa del encomendero varios de los ahí reunidos os dirán que saben de mí ¿Nos permitís acompañaros?*

Antes de que el fraile hablara lo hizo el renco Alanís:

—*¡Claro que sí! ¡Vamos!*

Y los cuatro aparecieron entre las ánimas de la casa del encomendero.

El renco Alanís preguntó en general: —*¿Conocéis a Pierre Laffite?* —Todas las ánimas lo negaron, pero los vivos, Erick, el profesor Leonel Escalante, el secretario Herrera, el presidente municipal y el contador Gerardo Correa, muy sorprendidos, respondieron al unísono:

—*¡Sí!*

—*Pues bien* —dijo complacido Laffite—, *yo morí en vuestras tierras, en vuestra costa. Hice escala varias veces en vuestras playas, asalté pueblos y aldeas, abastecí mis naves, aproveché llevarme palo de tinte cuando lo había y al final, expulsados mi hermano y yo de la Barataria y luego de Galveston, viví aquí con la mujer que traje de la Luisiana, que no era celosa, como buena compañera de pirata,* así es que durante mi vida en Yucatán, durante mi tiempo aquí, tuve varios hijos, casi todos blancos, rubios y de ojos claros como mi pequeño que me acompaña, a quien en Dzilam conocieron como Pierre l'enfant, y por su seguridad tuvo que cambiar de nombre a Juan, que es el castellanizado de mi hermano menor, con el apellido Estrada, habiendo tenido otros los apellidos de los esposos de sus madres y unos más, especialmente las mujeres, el apellido de uno de mis amigos más fieles.

—De hecho, el cuerpo que fue enterrado aquí en Dzilam, no era el mío. Era de uno de mis hombres que murió de enfermedad. Todos lo conocíamos como el abuelo Milo, un pirata valiente, osado y hombre sabio que era querido, admirado y cuidado por sus compañeros por tener el don de hacernos la vida más agradable. El ron que robábamos lo metía en barriles que habían contenido vino rojo o que aún tenían un poco. A ese licor él le llamaba habanero, y también hacía cerveza con cualquier grano que cayera en sus manos, al menos así le decía a lo que elaboraba y nosotros lo disfrutábamos realmente.

—Era el peluquero del barco, el dentista, el médico que costuraba nuestras heridas y que atendía a los que habían sido afectados por alguna enfermedad transmitida por las mujeres galantes. Escuchaba las cuitas de todos, escribía los contratos de Charte-Partie y de matelotage cuando dos marineros lo solicitaban, daba consejos si se los pedían, no le rehuía a ningún trabajo y si algo no sabía hacer, lo estudiaba, hallando siempre alguna solución. En un asalto a un barco inglés en el que viajaba un noble, se encontró en el botín un violín y antes de que lo destruyeran lo pidió el abuelo Milo.

—Nos contó que cuando niño aprendió a tocar el instrumento que era primordial para la música de su comunidad, ya que su familia es de origen romaní y por generaciones han sido nómadas. Además de la pandereta, el violín es parte esencial de su música. Se le entregó en propiedad el instrumento porque nadie más sabía tocarlo entre nosotros y cuando las tardes eran tranquilas nos deleitaba con su música gitana salida de su Pietro Guarnieri, que era el nombre que le daba a su violín con el cual hacía bailar a nuestros marineros.

—Cuando sintió que iba a morir de su enfermedad, el abuelo Milo me dijo que aprovechara que lo enterraran como si fuera yo, *para que ya muerto Pierre Laffite dejaran de perseguirme, que me cambiara el nombre, me hiciera pasar por un comerciante y dejara como "viuda" a la mujer de tez obscura que había venido con mi mujer y conmigo.*

Moribundo, tocó su violín hasta que la vida escapó de él. Su música era tan triste que todos llorábamos a su alrededor. Su amado Guarnieri se lo dejó a mi hijo Jean, al que había enseñado a tocarlo, pidiéndole que lo cuidara como si fuera su propio hijo.

Tomé su consejo en cuanto a la identidad. Un marino que había peleado al lado de mi hermano Jean y al mío, llamado George Donll Borhd Shump, fue quien manifestó mi muerte, exhibió "mi" cuerpo ante el alcalde de Dzilam,[8] *tomándose razón de mi entierro que fue certificado por el padre José Gregorio Cervera, cura de la parroquia de Santa Clara, y así pude desaparecer, pero quedándome en estas tierras donde, en efecto, fui sepultado años más tarde como un respetado comerciante.*

Sí traje un tesoro, poco usé de él. Si ostentaba mi riqueza me delataría y realmente lo único que ya quería era paz, vivir tranquilo. Así es que mi tesoro sigue enterrado aquí en la Península, muy al poniente de Dzilam y sé que algún día lo habréis de encontrar.

—Cuando lo bajé del barco para esconderlo, pregunté a mis hombres quiénes se ofrecían para quedarse a cuidarlo y, como siempre, los más ambiciosos y traidores se ofrecieron. Una vez que lo escondimos volvimos a la playa. Mis hombres leales que no me acompañaron para enterrarlo y que nunca supieron donde se ocultó el tesoro, mataron a todos los que vieron donde lo oculté. Los enterramos en la playa, en un círculo, con las cabezas hacia adentro y los pies hacia afuera para que supieran los buscadores de tesoros la suerte que correrían si iban por mis riquezas.

Leonel, más por curiosidad de cronista que por codicia, le preguntó:

---

8. 10 de noviembre de 1821.

—¿Y es cuantioso el tesoro?

Pierre y su hijo se miraron y el papá riendo contestó:

—Sí, es un tesoro importante. Perdí mucho cuando el gobernador Claiborn consiguió la aprobación de la legislatura de la Luisiana para que desbaratara Barataria. La destruyeron, pero el oro y las joyas más valiosas siempre las llevé adonde fuera y las traje conmigo.

El profesor Escalante, nuevamente en su curiosidad de cronista, le preguntó si era verdad que él y su hermano Jean no sólo eran piratas, sino que habían trabajado como espías dobles o triples para el rey de España, para los insurgentes mexicanos, para los Estados Unidos y aun para Inglaterra. Nuevamente, Pierre rio y les dijo:

—Miren, yo tengo todo el tiempo del otro mundo, no sé ustedes, pero si lo desean les contaré algo de los hermanos Laffite.

—El primero que se embarcó para América fue mi hermano menor Jean, luego llegué yo a la Luisiana. Pusimos una herrería en una esquina del pueblo de la Nouvelle-Orléans y no nos iba mal porque todo el transporte terrestre era a caballo, en carretas o en carruajes, pero el trabajo era mucho y la paga insuficiente.

Mi hermano Jean, más platicador que yo, se interesó en las actividades de algunos marinos con los que bebía en la taberna que frecuentábamos, en el comercio de mercancía que traían de contrabando y en la venta de esclavos que venían en los barcos que ellos atrapaban en sus acciones como corsarios.

Me convenció de que debíamos usar la herrería como fachada para comprarle a los piratas y surtir de mercancías a las personas acaudaladas, y de esclavos a los dueños de plantaciones. Desde luego, las actividades eran ilícitas, pero algunas autoridades las consentían motivadas por nuestra generosidad.

Al poco tiempo fuimos comprando barcos y en un descuido Jean se embarcó, comenzó a capturar barcos españoles y de otras nacionalidades y así proveíamos a nuestros clientes de mercancía que podíamos vender a precios convenientes, incluyendo a los esclavos cuyo precio cobrábamos de acuerdo con su peso y condiciones de salud.

Tuvimos problemas con algunas autoridades, y abandonamos Nueva Orleans, mudándonos a Galveston, donde Jean fundó Nuevo Campeche, atrayendo a todos los marinos que habían trabajado ya con nosotros.

Nos fue bien, Jean ocupó la casa de otro pirata francés, de apellido D´Aury, que se había ido a participar en la independencia de varias naciones sudamericanas. Estuvo al servicio de Bolívar en Cartagena, traicionó a todos, incluso a sus compañeros piratas, trató de establecer en Galveston una colonia pirata con bandera mexicana e incluso D´Aury fue nombrado comandante de la flota mexicana. D´Aury construyó la casa que Jean disfrutó, una hermosa casa estilo plantación, que hacía parecer importantes a quienes la ocupaban.

—Yo, que era más político que mi hermano, fui informante del reino de España, pero también los nuevos países que luchaban por su independencia contrataron mis servicios, y (riendo) como se acostumbraba en esa época, y al parecer hasta hoy, me convertí en agente doble, logrando quedar bien con todos e incluso tuve patentes de corso mexicanas expedidas por el embajador Anaya que representaba a los insurgentes mexicanos en la Luisiana. Creamos una bandera mexicana que nosotros diseñamos para que ondeara en nuestros barcos corsarios. Pedro Elías Bean tenía la encomienda de Morelos (viendo en los rostros la sorpresa que causó, repitió), si, de Morelos, de José María Morelos, de armar una expedición a Texas y Bean y el mariscal insurgente Juan Pablo Anaya trataban con nosotros los Laffite.

—Las patentes y las banderas no pudimos usarlas porque el gobernador Claiborne ya había destruido Barataria cuando las tuvimos.

—Simón Bolívar también buscó nuestra ayuda. Todos los insurgentes requerían de hombres diestros en el manejo de las armas, pero también las autoridades de la Nueva España e incluso el rey, nos pagaban.

—Nuestro negocio era únicamente prometer y entregar la información que nos convenía. Éramos hombres acostumbrados a hacer negocios siempre en nuestro favor, sin escrúpulos de ninguna clase.

—Viajé a Washington tratando de que nos devolvieran lo que el gobierno nos robó en la Barataria, pero a pesar de los servicios que le habíamos prestado con nuestros hombres y nuestras armas, y de la información que les proporcionábamos, se negaron a ello.

—En Filadelfia, un cura de Nueva Orleans, Pere Antoine, que era español, me presentó al ministro de España en Estados Unidos, el señor Onís y así acordamos servir a su rey Fernando VII, pasándole la información que teníamos de los insurgentes mexicanos que estaban muy activos en Nueva Orleans, y de que cientos de estadounidenses se unían a esas filas para invadir Texas, con el conocimiento del gobierno, por lo menos de Nueva Orleans.

—La visita de José Bonaparte a Filadelfia en su camino a Washington alborotó las cosas porque, aun cuando se decía que venía tratando de establecerse en América, se temía que tuviera intenciones ocultas.

—En realidad, si tuvimos tesoros Jean y yo, cada uno el suyo y cuando fuimos perseguidos los llevábamos donde nos establecíamos. Ya les he contado cómo traté a los ambiciosos que quisieron robarme lo que me pertenecía, lo que no les había dicho es que dejé a uno de mis hombres más leales para que discretamente cuidara el sitio y transmitiera esa responsabilidad en cada generación a uno de sus descendientes. Cuando encontréis mi tesoro, que no está cerca de mi supuesta tumba, os vais a asombrar del buen gusto que tuve. No me limité exclusivamente a monedas de oro o de plata. Reuní una buena cantidad de joyas y de artículos religiosos llenos de piedras preciosas, objetos de arte que espero queden en buenas manos.

Pierre l'enfant había permanecido callado, sosteniendo un violín con su arco y así continuó hasta que el cronista lo interrogó:

—¿Y tú, qué piensas?

Se encogió de hombros enseñando los grandes y blancos incisivos y dijo:

—*Mi padre lo ha dicho todo.*

—*Pero tú te quedaste a vivir en Yucatán.*

—*Si, formé familias en Dzilam y en otros lugares.*

—*¿Familias?*

—*Sí.*

—*¿No una?* —Riendo contestó:

—*No.*

—*¡Cuéntanos de ellas!*

Siempre riendo dijo:

—*No hay nada que contar.*

Con la misma, el adolescente se convirtió en un hombre de unos setenta años que, sin perder la sonrisa, tocó una danza húngara con su violín y terminando declaró que los muertos no hablan y que él estaba muerto.

Y desapareció carcajeándose junto con su padre.

Entonces, se presentó un hombre fornido, de cabello largo, vestido como si fuera a alguna fiesta en la corte francesa.

—*¿Quién eres?* —indagó Erick.

—*José de Sierra lo sabe. El me invocó por estas fechas hace un año.*

José de Sierra extrañado preguntó:

—*¿Yo?*

—*Sí, vos. Soy Michel de Grandmont, también conocido como Grammont o como Agramont, nombre con el que me habéis invocado.*

Estuve en estas tierras en varias ocasiones. La última de ellas en la Villa San Francisco de Campeche[9] con Laurens de Graaf, a quien conocéis como Lorencillo.

—*También nos gustaba visitar La Villa Rica de la Vera Cruz. Sobre todo, porque en ella obteníamos buenos botines y rescates por los cautivos.*

---

9. En 1685.

Mi noble origen lo demostraba vistiendo siempre con la mayor elegancia. Si bien me enrolé en la Marina como castigo siendo un mozalbete, pronto demostré mis dotes como marino y como líder, fui hecho capitán y desde mi barco Le Hardi ataqué a la flota española. Me gustó el corso, hice amistad con algunos de los más destacados piratas, entre ellos Lorencillo y Van Hoorn, destaqué por mi destreza para enfrentar fuerzas muy superiores a las mías, "visité" Venezuela, Brasil, Veracruz, San Francisco de Campeche. En mil seiscientos ochenta y cinco decidí que ya debía retirarme, a pesar de haber sido nombrado por el rey de Francia gobernador adjunto de la isla La Española y simple y sencillamente desaparecí.

Con mi gran fortuna y otro nombre me instalé en el norte de América, mi familia prosperó y vive hasta hoy, pero ellos no invocan a las almas de sus seres queridos, como lo hacéis vosotros.

La curiosidad me ha traído hoy y si vuestras costumbres resultaren de mi agrado y a vosotros os parece, seré visitante habitual. Para vuestra tranquilidad os diré que ¡Ya no mato! A menos que sea de un susto ¡Y vosotros no creo que os asustéis fácilmente!

Por el tono en que lo dijo, sí se asustaron. Al darse cuenta preguntó:

—¿Y los mortales presentes quiénes son?

Erick fue el primero en reaccionar, se presentó junto con el presidente municipal, explicando que era el jefe político de la ciudad; presentó al secretario Herrera, señalando que en el gobierno de Yucatán era quien cuidaba de la economía y del desarrollo del estado…

—¿Desarrollo?

—Sí— dijo el secretario. —Cada región de Yucatán tiene características especiales que se pueden explotar para el beneficio de la economía de la zona y en consecuencia la prosperidad de los habitantes. Yo me encargo, entre otras cosas, de promover las inversiones y ahora en Valladolid, que ha prosperado por el trabajo y la industria de sus habitantes, el gobernador está promoviendo que vengan personas

de todo el mundo a conocer las antiguas ciudades mayas, los ríos sub-
terráneos, los alumbramientos de aguas que ocurren al desplomarse
las bóvedas de esos ríos, nuestra gastronomía, música, costumbres,
etcétera, que se queden las personas a vivir aquí al retirarse de sus
actividades, y está promoviendo también que haya suficientes médi-
cos y hospitales para atender a los naturales y a nuestros visitantes,
servicios que no le ofrezco porque parece no necesitarlos.

El elegante pirata y todos los demás rieron y Agrammont
dirigió su mirada al contador, preguntándole:

—*¿Y vos sois…?*

—*Yo* —respondió el interpelado— *soy el contador Gerardo*
Correa, me encargo de que se pague el debido tributo a la real ha-
cienda…

—*¡Ya me caísteis mal!*— Dijo con el ceño fruncido el pirata,
soltando luego una risotada.

—*Además soy dueño de un hostal ¡Que no tiene fantasmas! Y*
hago negocios con nuestro amigo el ingeniero Erick Álvarez.

Procesó por un instante la información, y clavó la mirada
en el profesor Leonel Escalante.

No hizo falta que le preguntara nada. De inmediato le dijo:

—*Soy el cronista de esta antigua Villa, hoy ciudad; Y relato*
por escrito lo que ocurre en ella. Desde luego estoy tomando nota de
cuanto ha acontecido esta noche, como lo hice de la primera visita de
don José de Sierra, su esposa, suegros y amigos.

Cuento la historia de mi amada tierra y refiero, además de lo
que presencio, lo que los libros y los viejos hablan de ella.

Midiéndolo de arriba a abajo lo previno con voz amena-
zante:

—*¡Si no me gusta lo que escribáis de mí, vendré a jalaros las*
patas!

Todos rieron menos el cronista.

—*Señor de Álvarez,*— dijo con solemnidad doña Juana de
Sugasti, —*habéis cumplido a medias. Habéis remodelado nuestra*

casa, está preciosa, pero no la dejamos así. Os lo agradecemos pero
¿Y la música? ¿Y el baile?

—*La verdad es que no me alcanzó el tiempo para todo, pero les*
estamos preparando varias sorpresas para el siguiente día de muertos.

—*Don Erick, ahora tenéis otro compromiso. Mandaréis a hacer*
nuestros retratos.

Erick, medio sorprendido aceptó de inmediato. Doña Juana
y su mamá inquirieron:

—*¿Vendrá aquí el pintor? o ¿Iremos a su atelier? Porque el mu-*
ral con que han decorado nuestra antigua casa puede significar que
en verdad cumpliréis ¿Es así?

—*Si doña Juana. Es más, ponemos fecha. Si me promete que*
no lo va a regañar y a matar de un susto, el seis de enero próximo
vendrá a las ocho de la noche. Lo convenceré para que lo haga y si él
se niega le traeré otro pintor.

—*Pues va a tener mucho trabajo,*— dijo Michel de Grandmont, —*porque yo también deseo un retrato al óleo y cuando me*
toque vestiré mis mejores galas.

Don José de Sierra señaló el reloj que había en la pared.
Estaban dando las doce de la noche. Tendió su mano a Erick, al
secretario Herrera, al presidente municipal, a Leonel Escalante
y a Gerardo Correa.

Claro, ninguno pudo estrecharla, pero todos sintieron el
saludo de despedida.

—*Hasta el próximo año* —dijo.

Y dejando a sus amigos mortales en la casa y a los vecinos
acechando desde el exterior, todas las ánimas desaparecieron.

III.
Los espíritus de La guerra de castas

Desde el mes de noviembre anterior, el ambiente se volvió denso en la ciudad de Valladolid. La actividad no paro, había cierta inquietud, un leve temor, porque cosas extrañas estaban ocurriendo en muchos lugares incluso colindantes a la ciudad. Tepich, municipio cercano a la Sultana de Oriente, también se vio afectado por extraños fenómenos que alarmaron a la población, pero sin causar gran inquietud.

Los vecinos procuraron en las noches alejarse del convento de San Bernardino de Siena, debido al aire caliente que lo envolvía y al desagradable olor dulzón que de sus alrededores emanaba.

Erick Álvarez y el cronista Leonel Escalante coincidían en que algo grave estaba a punto de suceder, mas como no tenían ninguna justificación para sus premoniciones no externaban sus temores.

Recordaban que el ingeniero Álvarez había prometido música y baile para el próximo día de los fieles difuntos y que doña Juana de Sugasti, su esposo, Michel de Agrammont, y otros espíritus deseaban que se hicieran sus retratos al óleo, pero curiosamente no se habían presentado a preguntar quién y dónde les haría sus retratos. Sin saber por qué, coincidían en que algo había cambiado en su relación con las ánimas.

Acordaron no decirles nada al secretario de Fomento Económico ni al doctor Gerardo Correa ni al presidente municipal;

y trataron de invocar al encomendero José de Sierra y a fray Mario Martínez, pero todo era inútil.

El dos de febrero en la noche, día de la Candelaria, Erick y Leonel escucharon misa con sus familias, acordando ir a cenar al restaurante del hotel del doctor Correa, quien los había invitado.

Algo ocurrió cuando los amigos se encontraron. Estaban las esposas y los hijos sentados, y ellos platicaban de pie, cuando de pronto se retiraron del restaurante. Las esposas no le dieron gran importancia a ese hecho, sin embargo, no dejó de sorprenderles.

Ellas no vieron que el fantasma del renco Alanís se apareció entre los amigos, y tampoco se enteraron que les pidió que fueran a la casa del encomendero.

Ya ahí les contó que él y fray Mario habían sido cercados en el convento y las miles de almas que estaban concentradas ahí no les permitían salir, que él se había escapado entre los fieles que asistieron a la santa misa para hacerles saber que los espíritus de los muertos de la Guerra de Castas querían presentarse antes del siguiente dos de noviembre.

Fray Mario intentaba convencerlos de que no lo hicieran, pero tres ánimas arengaban a las demás para que demostraran su fuerza.

Ya habrían notado que él no estaba en el convento, tenía que regresar, pero de algún modo los mantendría informados.

Enrique Alanís desapareció dejándolos mudos.

El primero en hablar, ya dentro del vehículo en que habían ido, fue el profesor Escalante.

—*Volvamos al restaurante en silencio y mañana podemos vernos en las oficinas de Erick, a las diez ¿De acuerdo?*

Al llegar al restaurante trataron de comportarse normalmente, pero sus rostros desencajados los delataban. Algo muy grave tenía que haberles ocurrido porque estaban pálidos y temblaban. Las familias no hicieron preguntas, simplemente conjeturaron que las ánimas tenían algo que ver, mas ignoraban que miles de espíritus rodeaban Valladolid.

Los esposos no pudieron conciliar el sueño y sus cónyuges tampoco. Al amanecer las ojeras los delataban, ninguno soltó prenda.

Puntuales se reunieron en las oficinas de Erick, hablaron sobre lo ocurrido y del miedo que tenían ¿Qué podían hacerles las ánimas? ¿Qué podían hacer ellos para defenderse y combatirlas en su caso? ¿A quién podían acudir por consejo?

Ninguno sabía qué hacer. El cronista de la ciudad comentó que el actual párroco de la población era un hombre sabio, que nació en Yucatán y conoce toda su historia.

—Si de sabios hablamos,— intervino Erick, —entonces debemos acudir al h'men de Tepich nacido ahí y conocedor como nadie de nuestro estado y de la región maya. Él me ha ayudado varias veces pidiendo permiso a los dueños del monte para que me autoricen a hacer los fraccionamientos habitacionales que construyo y para construir los centros turísticos que hemos hecho._

El doctor Correa, preocupado, les preguntó:

—¿Y ustedes creen que no van a sacar chispas el cura y un brujo?

El cronista Leonel Escalante dijo que el sacerdote y el h'men se conocen y le consta porque los ha visto conversando, e incluso a visto a don Artemio en las misas del padre Ricalde.

Erick preguntó si los brujos iban a misa, aclarando Leonel que los sabios mayas no son brujos, lo cual no se lo creyó el que lo dijo.

Sin embargo, y para que en todo caso la reunión se diera en un ambiente neutral, acordaron invitar a los dos hombres sabios para que el viernes en la noche se reunieran ahí, en las oficinas de Erick.

Leonel Escalante fue comisionado para invitar al sacerdote y Erick al h'men. Como el personal de la constructora del ingeniero Álvarez se retiraba a las siete de la noche, acordaron convocar para las ocho y así lo hicieron.

Sin conocer el motivo de la reunión, los invitados se trataron con amabilidad y hasta con familiaridad. De hecho, eran contemporáneos y la educación primaria la estudiaron juntos en Valladolid, luego sus senderos se separaron; Amílcar Ricalde se fue al seminario y Artemio Chi, que estudió medicina veterinaria, regresó a Tepich para continuar con la tradición familiar de curandero, yerbatero, adivino y h'men, y se reencontraron cuando Amílcar fue nombrado párroco en Valladolid, volviéndose costumbre que la familia Chi acudiera los domingos a oír la misa matinal del padre Ricalde.

Cuando los amigos escucharon los temores de Gerardo, Leonel y Erick, se vieron a los ojos y declararon a sus anfitriones:

—*Sabíamos que algo raro estaba pasando pero ignorábamos qué. Lo comentamos entre nosotros y nada más. Si se trata de las almas de los muertos durante la Guerra de Castas, eso significa que el odio no ha acabado y tenemos que escucharlos, querámoslo o no. Pero no se preocupen, por simple lógica y sentido común no podrían hacernos nada, pues son espíritus incorpóreos, sin embargo, hay que oír que es lo que tienen que decir.*

—Yo —dijo el cura— *no he vivido ninguna experiencia como ésta. No sé qué hacer. Puedo pedir ayuda al obispo, sin embargo eso implica que intervendrán muchas personas, mandarán exorcistas, los hechos se filtrarán a la prensa y vamos a magnificar las cosas.*

—*¿Qué piensas, Artemio?*

—*Creo que tienes razón. Yo tampoco tengo experiencia en espíritus como éstos. He tenido con aluxes y con los dueños del monte, pero esto es algo distinto, muy grande.*

Qué les parece si los escuchamos para saber qué desean y mientras tanto, sin decir por qué, averiguamos si existen precedentes que conozcan sacerdotes amigos tuyos, Amílcar y otros h'menes con los que me llevo. Sin deseo de alarmarnos me gustaría que nos viéramos diario aquí, a la misma hora.

—*Mientras tanto* —dijo el padre Ricalde— *estemos pendientes de los informes del amigo Alanís.*

Desafortunadamente no sólo ellos habían notado que algo terrible estaba por ocurrir.

La gente lo sentía, estaba nerviosa, se asfixiaba, algunos sin motivo rompían en llanto, el turismo tardaba más en llegar que en huir porque les invadía un pavor.

Al comenzar el mes de julio las calles estaban vacías. Nadie salía en las noches. El veinticinco de julio se presentó el renco Alanís en las oficinas de Erick. Como hacía meses que no se aparecía, por poco los mata del susto y las noticias los aterraron: las ánimas no esperarían hasta noviembre, se presentarían al día siguiente en la iglesia del Barrio de Santa Ana.

—*¿Qué podemos hacer?* —preguntó Leonel.

—*Salvo estar ahí, nada* —respondió el renco, —*De hecho, les esperan porque ya todos los conocen.*

—*¿y a qué hora debemos ir?*— Indagó Erick. —*Pienso que al anochecer sería bueno.*

—*¿Y qué hora es para ti el anochecer?*— Le preguntó el doctor Correa.

La respuesta fue:

—*Como a las siete de la noche.*

El veintiséis de julio a las siete de la noche llegaron a la iglesia de Santa Ana, cuyos alrededores estaban rodeados por miles de almas, en su inmensa mayoría con características mayas: resultándoles curioso que algunas tuvieran características africanas y otras de blancos entre los indígenas. No tuvieron dificultad para llegar hasta donde estaba el cadáver del ajusticiado Manuel Antonio Ay. Quien se levantó del suelo al acercarse ellos y expuso a otra ánima que sujetaban cuatro fantasmas, la de Antonio Rajón, a quien llamó maldito mentiroso diciéndole que nunca entraría al cielo porque había levantado en su contra falso testimonio y mentido para que lo aprehendieran y ajusticiaran. Que sabiendo que los cargos eran falsos, el señor Eulogio Rosado lo había aprehendido y hecho juzgar; lo que convertía su muerte en un asesinato porque sabían que no existía ninguna carta de Cecilio Chí con los planes de la insurrección.

—*Es cierto que yo participé en acciones de lucha, eso no lo niego,*— *declaró,* —*pero nuestra lucha fue siempre para acabar con los abusos que se cometían en nuestra contra, no sólo por el gobierno, sino también por los curas, que practicaban todo lo contrario de lo que predicaban, que nos hacían trabajar como esclavos, nos cobraran derechos de estola que sabían que no podíamos pagar, y se atrevían a azotarnos como lo hacía la mayor parte de los hacendados, a pesar de la Cédula Real[10] para juzgarnos y castigarnos, recordándoseles que sólo las autoridades civiles podían hacerlo. Y a pesar de ello fray Hernando de Guevara, no conforme con esclavizarnos para que le construyéramos su convento de San Bernardino de Sena, nos azotaba, nos maltrataba, nos exigía tributos que sabía que no podíamos pagar, nos juzgaba enfureciendo a las autoridades porque usurpaba sus funciones, como también lo hizo fray Gregorio de Fuente-Ovejuna en Calkiní y fray Diego de Landa, quien destruyó nuestros Códices en Maní. Muchos de esos excesos los cometían aduciendo que tenían que acabar con la idolatría de que nos acusaban con tanta saña. El rey Felipe IV llegó a tener información que se contradecía con lo que decían los padres y por eso a través de una cédula real[11] solicitó al obispo que informara al respecto, porque tenía antecedentes que demostraban que se nos esclavizaba, que se nos obligaba a dejar nuestras comunidades ancestrales para que ellos, los curas, tuvieran mano de obra para sus conventos. Siempre fue un honor para*

---

10. Cédula Real de 1599 en la que la Corona española ratificaba la prohibición a los curas de juzgar y castigar a los indígenas.
11. *Felipe IV en su cédula real del veinticuatro de abril de mil seiscientos cuatro solicitó al obispo que informara sobre la esclavitud a la que eran sujetos los indígenas.*

nosotros trabajar para construir casas para Dios, nunca nos negamos a ello. *Pero era injusto y cruel, que trabajáramos grandes jornadas, se nos azotara, y además nos cobraran impuestos para la autoridad y derechos para la iglesia a la que servíamos, porque atentaba contra nuestra muy pobre situación de vida.*

No todos eran iguales y por eso respetamos al tata Sierra. *El cura don Manuel Antonio nos escuchaba, nos entendía, trataba de ayudarnos y comprendía nuestros problemas porque él también tenía mujer e hijos que tenía que cuidar, como nosotros.*

De entre la multitud de almas se abrió paso el espíritu de un hombre.

—Nuestra lucha,— intervino Jacinto Pat, —*era contra las grandes cargas económicas que nos imponían la Iglesia y las autoridades, por los castigos salvajes con que nos castigaban y porque teníamos que defender nuestras tierras que nos estaban quitando en beneficio de las haciendas algodoneras, de cultivo de caña, ganaderas y de todos los que querían extender sus propiedades robándonos las nuestras.*

Rodearon a Pat algunas ánimas que lo veían con notorio coraje y uno de los macehuales[12] difuntos le reclamó:

—*Tú malnacido, decías defendernos, pero nos azotabas igual que los patrones blancos, tú eras rico, letrado, tenías muchos libros, hablabas latín, sabías de los decretos antiguos y de los nuevos que nos protegían ¿Pero eso a nosotros de que nos servía? Tata Sierra y otros curas nos contaban que el rey de España siempre prohibió que se nos maltratara, que había prohibido que se nos hicieran cobros de tributos para el gobierno y para la Iglesia ¿Y eso a quién le importó? Jacinto, tú te convertiste en uno de nuestros explotadores y en uno de nuestros verdugos.*

Pat enmudeció.

---

12. En la jerarquía indígena prehispánica, los macehuales eran hombres de clase humilde que trabajaban la tierra o servían a un noble.

—*Tú nos hacías azotar como la mayoría de los hacendados blancos. Cecilio Chí te odiaba porque no eras partidario de la guerra, sino de las negociaciones, que no daban resultados como comprobaste con los Tratados de Tzucacab.[13] A nuestro pueblo lo que le interesaba era vivir en paz y no vivir en la miseria a que nos condenaba el tener que pagar derechos al gobierno y a la Iglesia, que además estaban prohibidos. Cecilio quería exterminar totalmente a los blancos y ¿Para qué? Para que alguno de ustedes, nuestros caciques, ocupara su lugar y fuera más cruel con nosotros que ellos. Tú, que eres hombre letrado, nunca leíste, o nunca te contaron tus abuelos que la Conquista no la llevaron a cabo los hombres blancos solos, sino acompañados de los mismos mayas sometidos brutalmente por otros pueblos mayas, que querían librarse de sus opresores.*

Sabiendo que la gente blanca no era de fiar, tuviste arreglos con los ingleses de Wallis[14] que trataban de engañarnos para que peleáramos por ellos y pudieran quedarse con nuestras tierras, sin que tuvieran más costo que las armas y pertrechos para la guerra que nos daban a cambio del palo de tinte o simplemente nos los regalaban para

---

13. Fueron firmados el 23 de abril de 1848 en la localidad de Tzucacab, Yucatán, México. Estos ponen fin a la Guerra de Castas. Algunos de los acuerdos fueron:
-No se pagaría el arrendamiento para cultivar maíz en tierras baldías,
-Los indígenas conservarían las armas que portaban,
-Las tropas del caudillo D. Jacinto Pat conservarían los semovientes y otros efectos que habían tomado, y
-Se aboliría la contribución personal para siempre.
14. El asentamiento maderero inglés que llegó a ser conocido como Wallis (en hoy Belice) para los españoles de los siglos XVII y XVIII, o, Honduras, para los enviados de la corona inglesa del mismo periodo, estuvo sujeto desde su Genesis, a un estatus irregular fungiendo como base de operaciones para piratas ingleses y otro foráneos, quienes se aprovechaban de su ubicación aislada para esconderse de sus enemigos españoles. Pérez Guzmán, Luis Gustavo; La estrategia militar en la disputa por el dominio de Wallis, 1713-1798, Tesis, Universidad de Quintana roo. Chetumal, 2018, p.33.

que los muertos fuéramos nosotros, así, ellos ganaran sin pérdidas de sus blancas vidas ¿No te diste cuenta de que nos estaban utilizando?

Cecilio Chí vino de atrás abriéndose paso entre las ánimas. Estaba rodeado de guerreros armados beligerantes. El batab,[15] a gritos, increpó a Jacinto:

—¡Siempre fuiste un tonto! ¿De verdad creíste que los blancos respetarían sus promesas? ¿No aprendiste con la muerte de tu hijo Marcelo? ¿No te enseñó nada el asesinato de Manuel Antonio Ay? Y te afirmo que fue un asesinato. Porque la supuesta carta que llevaba en su sombrero y recogió el hombre de la cantina, que dicen que les entregó a las autoridades. ¡Tú sabes que no existió! Fue una mentira ideada para acabar con nosotros, los cabecillas de la futura sublevación.

Ellos, los blancos, tenían una lista de los caciques inconformes y creyeron que, acabando con nosotros, nuestros pueblos agacharían la cabeza. Nunca imaginaron que ocurriría lo contrario, que la muerte de Ay convertiría la escasa tierra de Yucatán en un lodazal de sangre y barro; No sólo nuestra sangre, sino también la de los hacendados que resultó igual de roja que la de los mayas.

Y sucedió lo que tenía que pasar. Cuando los hombres de Manuel Antonio recibieron el cadáver se emborracharon y sedientos de venganza mataron a todos los blancos y mestizos que encontraron en el pueblo.

No quedaba ninguna duda. Ningún maya que participara en la lucha sería perdonado y por lo tanto todos los blancos y mestizos no conocidos como leales a nosotros los mayas, tenían que ser muertos.

---

15. Nombre dado al máximo gobernante o jefe de una localidad o en un área delimitada o jurisdicción, concentrando la máxima autoridad militar, sacerdotal y social en una sola persona a quien todos obedecían, o bien podía funcionar a través de un concejo que se reunía periódicamente para tomar decisiones importantes. En ambos casos, los batab pertenecían a una sola familia o linaje.

—Y eso hice,[16]— dijo Cecilio Chí, —por eso mi gente mató a todos los blancos de Tepich, sin distinción de sexo ni de edades.

Si con lo de Manuel Antonio Ay ponían un ejemplo de lo que nos ocurriría, con Tepich quedaba claro que jugábamos parejo. Y nuestros hermanos inocentes que fueron fusilados, fueron vengados cuando mutilamos y destazamos a los hombres del capitán Beitia, quien desafortunadamente, para nosotros, logró huir. Fueron los blancos los que profanaron la iglesia e incendiaron el pueblo, dándonos nuevas lecciones de crueldad que aprendimos, como pudimos demostrarles muchas veces.

Tú, Jacinto, estuviste con nosotros en Columpich cuando decidimos luchar una guerra a muerte contra quienes nos querían acabar y nos culpaban de ser los causantes de ella por odio racial. Como hombre instruido que eres, sabes que la guerra se inició contra la injusticia de esclavizarnos, privarnos de nuestros derechos, de la tierra.

La guerra acabó siendo de razas, pero su origen fue la opresión, la injusticia.

Y como ocurre en toda guerra fuimos reuniendo un cuantioso botín con el que comisionamos al mulato Bonifacio Novelo para que comprara armas y pertrechos en Wallis. Novelo hacía los tratos y obtenía ganancias, pero se entendía bien con los ingleses, deseosos de que los españoles huyeran y ellos nos esclavizaran o nos exterminaran.

Los ingleses en verdad creyeron una vez que tomara Mérida se les permitiría extender sus dominios a nuestra tierra. Nosotros nunca confiamos en ellos, y no les permitiríamos, a nuestro triunfo, moverse de sus fronteras. Comerciaríamos pero nada más.

Jacinto, recuerdas que fuiste quien redactó nuestra respuesta al obispo José María Guerra, que por medio de don Domingo Bacelis y don José Dolores Pasos nos hizo llegar un mensaje para que desistiéramos de nuestra lucha, haciendo promesas que nunca cumpliría,

---

16. 30 de julio de 1847

entonces le contestamos[17] preguntándole por qué no nos defendieron él y sus curas cuando el gobernador nos empezó a matar ni cuando nos azotaban. En esa respuesta le recordamos que las masacres y la crueldad nos las enseñaron los blancos, a los que nunca reprendió, y le dijimos que no nos oponíamos a pagar a la Iglesia por casamientos y bautizos ni al óbolo,[18] pero el porcentaje debía ser tasados por nosotros.

Quizá la contundencia de nuestra respuesta hizo que el prelado intentara huir de Yucatán, lo que no hizo a ruego del gobernador Barbachano que sabía que la salida del obispo aterrorizaría a los blancos y envalentonaría al Ejército Maya.

Señores Álvarez, Correa, Escalante, Herrera, padre Ricalde y hermano Artemio Chi, hoy están ustedes escuchando a quienes luchamos en esa guerra y quisieron venir, porque de hecho los espíritus de quienes morimos en ella (y guardamos odio), estamos aquí, y los mayas les convocamos, pero pueden ver que del lado opuesto están las almas de los españoles, mestizos, africanos y algunos mayas, que no se mezclan con nosotros porque aún nos temen. Fuimos muchos los asesinados y también los que nos convertimos en asesinos, pero créanme que nosotros, peleando por la libertad y los derechos. Derechos que, no me cansaré de repetir, el rey de España nos concedió desde que se asentaron los primeros españoles aquí y que las leyes nos reconocían, pero en la práctica los hacendados, las autoridades y el clero nos negaban, atreviéndose[19] en contra de lo dispuesto por la Constitución Estatal[20] a reducirnos de nuevo al pupilaje,[21] cuando en realidad la ley nos otorgaba derechos como ciudadanos; a restablecer las repúblicas indígenas, con las facultades y deberes que teníamos

---

17. 19 de febrero de 1848.
18. Pequeña cantidad con la que se contribuye para un fin determinado.
19. En agosto de 1846.
20. De 1841.
21. Condición del pupilo o estado de aquel que está sujeto a la voluntad de otro porque le da de comer.

antes de la Independencia; nos quitaron el derecho de nombrar a nuestros caciques y a controlar el nombramiento de nuestros jueces. Nos volvieron a la peor época de la Colonia.

Quizá ustedes, amigos mortales, ignoraban algo de lo mucho que les cuento, pero es cierto cuando lo digo.

Fíjense que no estoy diciendo que los mayas no tuviéramos culpa de nada, pero sí señalo que respondimos a la crueldad de la mayor parte de los blancos, de ellos aprendimos y cegados por el odio cometimos excesos.

Una mujer madura, maya, brava, indudablemente de carácter fuerte, se abrió camino hasta llegar frente a Cecilio corrigiéndolo:

—No tuviste que aprender mucho de los blancos, tú siempre fuiste cruel con tus trabajadores y también conmigo, tu mujer. No sólo me hiciste tu esclava, sino que hasta me designaste un carcelero, tu secretario Atanasio Flores, que aquí está. —Lo dijo tomándolo del brazo y jalándolo hacia ella, era un mestizo joven y musculoso.

—A pesar del terror que infundías en nosotros, nos hicimos pareja porque nos gustamos, nos comprendimos y te odiamos por la forma en que nos tratabas: como esclavos, sin consideraciones, y por eso nosotros te matamos.

No tuviste la honrosa muerte de un guerrero, sino el humillante fallecimiento de un pobre hombre engañado por su mujer y de uno de sus más fieles subordinados, y aunque se supone que todas las ánimas aquí reunidas lo saben, lo declaro a gritos: te fui infiel porque no merecías que nadie te amara ni tener la lealtad de algún amigo, porque no tenías ninguno; a todos considerabas inferiores a ti y los tratabas como los blancos a nosotros. Tus seguidores nos hicieron pedazos a tu secretario y a mí, y mientras tu cuerpo fue velado elegantemente ataviado y enterrado en el cementerio de Tepich, el mío fue comida de zopilotes, lo mismo que el de tu secretario.

Ahora sí, sigue hablando, pero ya sabes y ya saben todos los batabs que las mujeres y los macehuales presentes nos haremos oír

¡Total! Ya no pueden matarnos y nosotros sí podemos destrozar su reputación.

¡Ah! Y les recuerdo que, si por nuestras tradiciones las mujeres mayas siempre respetamos a los hombres, y no participábamos activamente en las ceremonias religiosas ¿Quiénes hacían la comida para cuando terminaran los ritos? Desde luego éramos nosotras ¿Quiénes cuidaban la ropa que se pondrían para verse respetables? ¿Quiénes cuidaban las casas y los x'tokoy'²² solares para que se vieran bonitos y todos supieran que un batab habitaba en ellos? Éramos nosotras.

Lo poco que traían a casa, porque poco daban aunque tuvieran mucho, nosotras lo administrábamos y hacíamos rendir. Nuestros padres y abuelos habían considerado a las mujeres iguales a los hombres, aunque con trabajos diferentes cada uno dentro de la familia y la comunidad, pero cuando ustedes bebían aguardiente cambiaban. Recuerden también que a veces alguno amanecía apaleado porque nosotras no nos dejábamos.

Escuchando a la mujer, los mismos macehuales que habían encarado a Jacinto Pat se colocaron nuevamente frente a él y fueron exponiendo sus quejas.

—Jacinto, Manuel Antonio Ay, Cecilio, José Venancio Pec, José María Barrera, Bonifacio Novelo y todos los demás jefes de nuestros ejércitos, eran los que mandaban, pero los que moríamos éramos nosotros, y si algo no les parecía no hacía falta que nos matara el enemigo, ustedes mismos nos mataban, como Román Pec, sí, tú Román, que ejerciste el poder de la Cruz Parlante²³ y me mandaste

---

22. Terreno abandonado.
23. El Culto a la Cruz Parlante, entre los indígenas mayas sublevados durante la rebelión conocida como la Guerra de Castas de 1847 a 1901, fue una adaptación del catolicismo con tradiciones y creencias mayas autóctonas. Se le atribuye al soldado José María Barrera la creación del culto de la cruz. Barrera desertó de las filas del gobierno yucateco para unirse a los mayas rebeldes. En 1850, Barrera formó tres cruces en un árbol, con ayuda

matar por haber llevado a un sacerdote a Chan Santa Cruz[24] ¿No me reconoces maldito? Soy Crescencio Puc y me alegré mucho cuando te mataron a machetazos.[25]

¡No te escondas José Venancio Pec! Todos sabemos que tu mataste a Jacinto Pat, pero también que Dionisio Zapata Santos te asesinó. Mataste a Pat en Holchén porque querías su puesto. Habías decidido acabar con él y usaste como pretexto la contribución que impuso para comprar armas y municiones en Belice. Las penas de azotes que nos imponías eran duras, te comportabas como blanco en muchas cosas, como en el servicio personal que nos hacías prestar, pero no eras el único ¡Tú y todos los jefes nos trataban como sirvientes! Y todos nos quitaban parte de nuestro botín. Lo de la venta de nuestra tierra nunca oí que lo dijeran, pero todos sabíamos que querías matarlo y que inventaste excusas para hacerlo.

Ahora creo que algunas de las cosas que nos decían los curitas eran ciertas: "Con la vara que midas, serás medido".

Cecilio Chí, Jacinto Pat, José Venancio Pec, José María Barrera y los demás jefes mayas presentes, con caras de odio y miedo ak mismo tiempo, se limitaban a escuchar, porque era cierto que no podían matar a los espíritus que los increpaban y después de oír a los macehuales, ningún alma maya, mestiza o africana obedecería sus órdenes.

---

de Manuel Nahuat, un maya con habilidades de ventriloquia, y lograron convencer a sus compañeros del descubrimiento de una "cruz santa". Esta creencia era la verdadera gobernante de esa sociedad e incluso ejercía el mando militar. El culto era dirigido por los llamados maestros cantores o intérpretes de la cruz que hablaban en su nombre y recibían esa potestad directamente de Dios.

24. Chan Santa Cruz es el nombre popular que se dio al estado maya de facto independiente, que fue capital o principal reducto de los indígenas sublevados durante la rebelión de la Guerra de Castas, en la actualidad es el municipio de Felipe Carrillo Puerto en Quintana Roo, México.

25. 1885.

Un hombre maduro, de los del otro grupo, se atrevió a hablar y cuando lo hizo se fueron reuniendo a su alrededor otros castizos.

—*Sus crímenes si fueron de odio,*— afirmó. —Nosotros,— dijo señalando a los que se encontraban a su lado,—*nunca les hicimos daño, nunca les maltratamos. Aquí están varios mayas y mestizos que trabajaron en nuestras casas o haciendas y pueden confirmarles lo que digo.*

—*¿Es cierto Diego?* —El mestizo fino al que se refirió confirmó el dicho del patrón, lo mismo que mayas de ese grupo y reclamaron: —*Y a nosotros nos mataron, lo mismo que a nuestras familias por haber trabajado para nuestros patrones. Nosotros nunca les hicimos nada malo. Es más, cuando nos pedían ayuda se las brindábamos. Nos unía parentesco con algunos de nuestros asesinos, pero nada les importó. Nos despedazaron a machetazos, violaron a nuestras esposas e hijas y resultaron peores que aquellos a los que decían que combatían.*

Una fina dama elegantemente ataviada se puso frente a los mayas increpándolos:

—*Pueden decir lo que quieran, pero no pueden cambiar la verdad, son unos asesinos. Si el pleito era con nuestros hombres ¿Por qué nos atacaron, violaron y mataron a machetazos a las mujeres y a los niños?*

En la cocina de la casa principal de mi hacienda siempre hubo un plato para el que tenía hambre, y en el hospital que mi marido mandó construir, sus enfermos siempre fueron atendidos por los médicos residentes. No sé de los demás hacendados, pero a nosotros ustedes nos conocían, nos respetaban y decían estar agradecidos por todo lo que hacíamos por sus familias ¿Cómo pudieron hacernos esto?

La dama finamente ataviada se convirtió en un cuerpo destazado, con los intestinos expuestos, el rostro desfigurado, sin los ojos y la cabeza macheteada dejando ver pedazos de cerebro.

—Mis hijos, mi madre y mi marido están peor que yo, pero no se los exhibiré por no causarles a ellos más dolor.

Volvió a su bella apariencia y llorando rabiosamente los maldijo diciendo que sabía que su odio no le permitiría conocer el cielo, pero los maldecía, maldecía a todos los que les hicieron daño y quería que supieran que los odiaba sin límite.

—Señora,— dijo una mujer maya, —tú nos tratabas bien, lo mismo que tu familia, pero mira doña Eduviges, tú y don Lorenzo no eran como todos los patrones. Casi ninguno pensaba en sus acasillados o en sus sirvientes como si fueran personas. Y sus mayacoles[26] eran peores, ordenaban que se nos azotara por cualquier falta, aunque fuera pequeña e involuntaria. Decían que así convencían al indio de portarse bien, porque según ellos el maya sólo entendía de ese modo.

—Me da mucha pena lo que les pasó, pero mira lo que nos hicieron nuestros hermanos por haber trabajado para dzules[27] y por haberles sido fieles. —Mostró a un hombre de mediana edad, a tres jovencitas y tres muchachos, el más pequeño un niño de unos cinco años; y ante la mirada de doña Eduviges y de todos los presentes, en forma grotesca, aparecieron destrozados a machetazos, los cuerpos del esposo e hijos de Magdalena. —Y sabes algo señora, mis hijas fueron violadas por los hombres que decían peleaban por nosotros, los mayas.

—No sé cuántas doñas eduviges hubo entre los asesinados ni sé cuántas magdas hay como yo, ni cuántas jovencitas fueron violadas en uno u otro bando. Lo que sí sé, es que de ambos grupos salieron los peores instintos de los combatientes, todos, blancos e indios, ignoraron a las personas, dieron la espalda al Dios de amor que supuestamente los españoles trajeron y que nosotros aprendimos a querer en lugar de los nuestros.

---

26. Capataz.
27. Caballeros de buena posición.

Por un instante se hizo un profundo silencio, que rompió Manuel Antonio Ay.

—*Siento mucho que mi muerte haya hecho explotar los resentimientos que se habían ido acumulando como pólvora, sobre todo porque lo que pedíamos era un trato justo en contribuciones a la autoridad y a la Iglesia, porque aun sabiendo que estaban prohibidos, nunca nos negamos a pagarlos. Lo curas no sólo nos hicieron construir sus conventos e iglesias, además nos cobraban por los sacramentos cantidades que no podíamos pagar y ellos lo sabían. Cómo se atrevían a decirse hombres de Dios si ellos se comportaban como socios del diablo. No era legal que los terratenientes se extendieran a nuestras tierras para hacer sus fábricas, para sembrar caña y algodón. Nadie se los impidió. Nuestra batalla era en contra de la ambición, del egoísmo, de la injusticia, de la maldad, y tuvimos que usar la maldad para defendernos.*

Intervino Venancio Pec, con Florentino Chan a su lado:

—*Dice bien Antonio Ay, sin embargo le faltó comentar que para no seguir peleando y ser libres, nos fuimos al noroeste de la península, donde recurrimos a la Cruz Parlante y fundamos Chan Santa Cruz, con la cruz por la que Florentino hablaba. No dejamos de participar en los enfrentamientos, pero al alejarnos de la guerra pudimos tener de nuevo vida familiar, vida comunal, nuestras esposas volvieron a participar como iguales, como tradicionalmente lo habían hecho, nuestra nueva sociedad, la de los cruzo'ob[28] era más justa. Destacaron entre nuestras mujeres María Hilaria Nahuat, María Petrona Uicab, Andrea Nohuat, Agapita Contreras y otras que están aquí, las cuales no han pasado al frente porque les da pena, pero Hilaria, que sí pasó al frente y aquí está, fue nuestra reina y sacerdotisa, la Virgen María hablaba con ella y le daba información para las batallas.*

---

28. Cruzo'ob es el nombre con el que se designó a un grupo de mayas insurrectos durante la Guerra de Castas que tuvo lugar en la península de Yucatán de 1847 a 1901. El término se conforma por la palabra cruz del idioma español y por el plural o'ob del idioma maya.

María Uicab era nuestra reina y sacerdotisa, reina de Tulum y jefa a la que llamábamos Santa Patrona.

Todas las esposas de los sacerdotes eran amadas y veneradas como sacerdotisas.

Y así como en Chan Santa Cruz y en Tulum, se fueron formando comunidades alejadas de la guerra, lo que significa que la guerra por sí misma no fue nuestro principal objetivo. Queríamos justicia, igualdad y paz.

—Y creo que a altísimo costo las hemos conseguido,— sentenció Jacinto Pat, abrazando a Venancio Pec, que abrazaba a Dionisio Zapata Santos.— Venancio me asesinó,— dijo Jacinto,— y a su vez a Venancio lo mató Dionisio.

Tal vez Cecilio no pueda comprendernos, porque su carácter belicoso se le impida, pero ya no hay razón para el odio. Lo que pasó, pasó; nadie puede cambiarlo, fue horrible, sí, pero por lo menos yo ya me harté de odiar. He perdonado y pido perdón a cualquiera a quien haya hecho daño. A mis hermanos mayas, que me han dicho que me comportaba como hacendado, a mi esposa, a mis hijos, a toda mi familia y a los blancos que afecté con mi comportamiento.

—He sido perdonado,— comentó Venancio, —y he perdonado a Dionisio.

Dionisio en voz perfectamente audible pidió a todos los que hubiera ofendido, que lo perdonaran.

Volvió a hablar Manuel Antonio Ay:

—Aquí fui ajusticiado.[29] En este mismo atrio. Quizá esté mal que lo diga, pero ¡Qué bonito está Valladolid!

Desde que pensamos en volver a la casa del encomendero, al que yo no conocí, he estado recorriendo la Villa ¡Que es enorme! Y pienso para mis adentros que, si mi sangre ayudó a abonar la tierra para que todo floreciera a su alrededor, no me arrepiento de haberla derramado.

---

29. El 26 de julio de 1847.

—¡Bueno!— Dijo Manuel Antonio Ay,— si con mi muerte se inició la guerra, tal vez si me retiro adonde me corresponde, las demás ánimas presentes puedan irse a descansar.

Y comenzó la desbandada. Pero los mortales presentes quedaron más nerviosos que antes.

—¿Adónde se habían ido? ¿Volverían? ¿Cuándo?

El padre Ricalde hizo que tañeran las campanas llamando a misa y como la iglesia y el atrio resultaran pequeños para la cantidad de fieles, se colocaron bocinas en las áreas adyacentes y un feligrés subió a una plataforma digital, en vivo, la celebración de la eucaristía, de tal manera que todos la presenciaran porque algunos vecinos sacaron a la calle sus televisores, los enlazaron con sus celulares y compartieron la participación en la santa misa.

Bálsamo para el alma y recuerdo de que la cercanía a Dios y el amor al prójimo, construyen la paz.

Valladolid volvió a ser la ciudad de ensueño que propios y extraños disfrutan.

Reine en adelante la paz en ella ¡Así sea!

IV.
Danza de los muertos

Retratos, música y baile.

Sin que lo contara el ingeniero Erick Álvarez, se había puesto de acuerdo con un conocido pintor para que elaborara los retratos de doña Juana de Sugasti y Sierra, de su madre y de algunas ánimas más a las que el empresario les había prometido que mandaría a hacer sus retratos.

Al poco tiempo apareció Michel de Agrammont vestido con enorme elegancia, exigiendo ser el primero en ser pintado, pero doña Juana y su madre lo sacaron con cajas destempladas y le hicieron saber que cuando llegara su turno lo llamarían.

Sí, huyó de ellas, pero no dejó de importunar a Erick que ya había convencido al pintor para que hiciera los retratos de las ánimas y, no sin miedo, aceptó porque la buena paga hace valiente al miedoso.

Para no estar a solas con los espíritus convenció a sus ayudantes para que lo acompañaran mientras trazaba los bocetos, con el argumento, perfectamente válido, de que esos entes no eras fotografiables por lo que tenían que ir haciendo anotaciones de colores de piel, cabello, ojos, peinados, ropajes, colores que usaban etcétera, misma explicación que dio al ingeniero Álvarez, que no se opuso a la extensa ayudantía.

La esposa y la suegra del encomendero, resultaron tremendos dolores de cabeza con su permanente insatisfacción y negativa a entender que se estaban elaborando bocetos sobre los cuales se trabajaría para completar los retratos. El pintor y los ayudantes enloquecieron, rompieron los lienzos en que estaban trabajando, arremetiendo a escobazos contra madre e hija a las que advirtieron que ellos no las pintarían y si se dice que los fantasmas asustan, sin lugar a dudas esta vez fueron los espantos los espantados, incluyendo a los demás espíritus que esperaban su turno y decidieron tomar las cosas con calma.

—*A este pintorzuelo yo lo mato en un tris,*— dijo Agrammont, contestándole Erick, que ya había perdido el miedo.

—*¡Sí, hazlo, y a ver quién accede a hacerles sus retratos!* —Pintor y ayudantes se liberaron de sus temores y empezaron a trabajar más aprisa, acordando que los dos primeros retratos los tendrían listos en diez días, no como obras definitivas, sino para corregir detalles.

Doña Juana y su madre exigieron ser las primeras, pero el maestro, en tono que no admitía réplicas, les dijo:

—*¡Ustedes, serán las últimas y si me dan tantita lata no las pintaré! ¿entendido?*

¡Y sí que lo entendieron bien!

Dejaron de importunar al maestro pintor y se propusieron atormentar a su anfitrión que, ya curado de espanto, respondió a sus exigencias de preparar el baile:

—*¿Ya tienen las partituras que ofrecieron? ¿Ya reunieron a los integrantes de la orquesta?*

—*No* —se les respondió. —*Ustedes no han hecho nada. Sólo saben ordenar, sin proponer soluciones.*

—*Pues bien, un compositor, amigo mío, me ha prometido algunas piezas que alegren a todas las ánimas y las inviten a bailar. Compondrá una danza maya con el título de Chichén Itzá, una pieza que combine vals, son, jarana, jota aragonesa y algún ritmo antillano.*

Como madre e hija subieran el volumen de sus voces, Erick les espetó:

—Yo no soy marido de ninguna de ustedes ni su criado ni su esclavo. ¿Quieren gritar? Grítenles a ellos si se dejan. Yo únicamente les he informado lo que voy a hacer y no necesito consentimiento ¡Espero que hayan entendido!

—¡Joder!— Exclamó el suegro. —Este sujeto hizo en un momento lo que tú y yo no logramos nunca.

—¿Qué dices ingrato?— Preguntó doña Inés con los ojos semi cerrados.

Aterrado el marido de la fiera respondió:

—Sólo le decía al yerno que el nuevo dueño de la casa es grosero a más no poder y que ese comportamiento nosotros no lo tendríamos nunca.

—¡Más os vale! No olvidéis que yo tengo oído de tísica el cual heredó mi hija, y que, aunque estéis muertos os podemos hacer pedazos.

Los espíritus masculinos callaron, pero aparecieron ante César, el pintor, asustándolo.

—Y ustedes ¿Qué onda? ¡Van a empezar a joder como sus fieras!

—No maestro es lo que menos deseamos ¡Huimos de ellas! y hemos aparecido en vuestro taller. Vos habéis dicho que los retratos de ellas y de Michel de Agrammont serían los últimos que pintarais y vemos que están casi terminados ¿Qué está pasando?

—¡Pues nada! Que mi ejército de aprendices ha demostrado lo adelantados que están. He pintado los rostros, cabellos, manos y todo lo demás lo han hecho mis ayudantes. El trabajo está listo, pero yo no soy un espíritu, tengo que comer, y mi gente también, así es que en esta mi bottega di Caesare permanecen los óleos que van saliendo según los requiere el ingeniero Erick Álvarez, me los paga, me solicita otros, acordamos fecha de entrega, cumplimos y me paga.

—¿Y los nuestros?— Preguntó don José de Sierra. El pintor sonrió. Los llevó a la parte trasera de su taller, retiró unas telas que cubrían dos cuadros, eran sus retratos al óleo que los maravillaron.

—¡*Estoy flipao!*— dijo el capitán de Sugástegui.

—¡*Y yo!*— Alcanzó a expresar el encomendero. —*Pero dime, tío ¿Cómo lo haces? ¡A estas imágenes sólo les falta hablar! ¡Por Dios, no hagáis lo mismo con las de nuestras cónyuges, que nadie las parará!*

Los tres rieron, César sacó una botella de vino de la Ribera del Duero, el capitán abrió los ojos desmesuradamente y una vez descorchada la botella aspiró sus aromas lagrimando. Don José esperó a que lo escanciaran en una copa, hizo lo mismo, y suspiró.

—*Hay cosas que se extrañan,*— dijo, —*y el buen vino es una de ellas.*

En eso los ayudantes del maestro pintor entraron con ollas de comida, pan, tortillas, refrescos, platos y vasos, sin notar que había espíritus en la habitación. En consecuencia, los emplea- dos no pudieron ver que los dos fantasmas aspiraron los aromas de las viandas antes de desaparecer satisfechos.

El doctor Correa, su yerno y el cronista de la ciudad, mien- tras tanto, no dejaban de promover la fiesta de las ánimas. La última vez los vecinos habían regalado la comida, pero los orga- nizadores pensaban, independientemente de que el que quisiere regalar comida o lo hiciera, los prestadores de servicios, orga- nizados, podrían exponer y vender sus productos mediante el pago de un derecho de degustación acreditable con pulseras que permitieran a quienes las portaban, comer lo que les antojara, pagando únicamente las bebidas. Los restauranteros establecie- ron las bases para que cada uno pudiera cobrar lo suyo que se consumiera.

El presidente municipal no la tenía fácil. Era necesario otorgar permisos y para ello asegurarse de que se cumplieran los requisitos administrativos y de salubridad, acordar el cierre de calles, los espacios que se utilizarían, los gastos extraordinarios del Ayuntamiento, la invitación y atenciones a autoridades, relaciones con la prensa, la radio, la televisión e influencers, en fin, tenía que manejar un circo de cinco pistas sin dejar de lado sus obligaciones normales.

Le sugirieron buscar patrocinadores, lo que hizo con maestría el equipo de la oficina de Erick, convirtiendo un evento local, en una noticia nacional e internacional que puso en apuros a los hoteleros y arrendadores de cuartos porque no eran suficientes. Algunas familias abrieron sus casas a los visitantes, muchos de los cuales venían ataviados con la indumentaria usada en sus países durante el siglo XVIII.

La orquesta proporcionada por el gobierno del estado ensayaba en Mérida, tanto la *Danza Maya*[30] como la *Suite de Noviembre*,[31] *La Habanera*:[32] canción de La Trigueña de Manduca,[33] otras piezas musicales apropiadas como el *Capricho Jarana*[34] y *Mi Tierra Linda*. En virtud de que el Instituto Nacional de Antropología e Historia (INAH), se oponía a dar el permiso para que en Chichén Itzá se representara la Danza Maya, fueron ubicando los lugares apropiados para cada representación.

---

30. Expresión artística y cultural prehispánica que los mayas utilizaban para solemnizar sus fiestas religiosas, dar gracias y honrar a los muertos. Los danzantes empleaban técnicas para entrar en trance y comunicarse con el otro mundo durante los bailes.
31. La Suite de Noviembre es la unión en una sola obra de varias danzas de distinto carácter y ritmo.
32. La Habanera es un canto de ida y vuelta entre España y las colonias, que se originó como una danza europea sensual y llegó a Cuba a través de los colonos.
33. Es una leyenda sobre el pirata español Fermín Mundaca, quien se refugió en Isla Mujeres a principios del siglo XIX tras hacerse rico vendiendo esclavos.
34. La jarana yucateca es un baile y una forma musical que se originó en la Península de Yucatán, México. Se distingue por su ritmo alegre y enérgico, ejecutado por parejas que se entrelazan en movimientos coordinados y armoniosos.

El Instituto de Cultura del Estado de Yucatán proporcionó los ropajes que se requerían. Los de los guerreros mayas estaban impresionantes, lo mismo que los personajes de la Suite de Noviembre y los de La Habanera: La Trigueña de Mundaca. Por acuerdo de los organizadores con el Instituto, una vez interpretada la suite se invitaría a todos los asistentes que quisieran hacerlo, para que bailaran junto con los personajes.

La exposición de los retratos de don José de Sierra, de su esposa, suegros, amigos y piratas, por decisión del ingeniero Erick Álvarez, se programó para después de la presentación del evento musical, inmediatamente antes de la cena, pero como ocurre en este tipo de eventos, hubo que hacer un cambio al programa porque músicos locales y extranjeros que trajeron los instrumentos de sus tierras, ocuparon espacios en diversos sitios del centro de la ciudad, eventos que fueron grabados y retransmitido posteriormente, además de que inundaron las redes sociales porque los asistentes compartieron con sus amigos cuanto veían.

A solicitud de las ánimas la Danza Maya se presentó el primero de noviembre en Chichén Itzá. Fue tan bella e impresionante que el propio INAH, que dudó en permitir que se realizara en el lugar, comenzó a hacer gestiones para que se convirtiera en un espectáculo periódico.

Una vez acomodados los asistentes, la oscuridad se hizo total. Se empezaron a escuchar sonidos de instrumentos prehispánicos, mientras los reflectores, con luz tenue, fueron iluminando algunos sitios, luego otros, empezó a escucharse la voz del tenor vestido como guerrero maya, que cantó:

Chichén Itzá,
Chichén Itzá,
preciosa joya
del Mayab

Mientras cantaba, se fueron iluminando sitios de donde salían mayas con ricos ropajes, lo mismo hombres que mujeres, jóvenes, viejos y niños que danzaron con solemnidad.

Nos muestra el sol
tu esplendor,
el genio inmenso
del constructor.
Y la esmeralda
de tu cenote,
que mil doncellas
rudo abrazó

Y en las noches,
cuando la luna
baña de plata
la gran ciudad,
ricos fantasmas
llenan tus plazas
danzando al ritmo
del tunkul[35]
y cada noche
danzan y danzan
hasta que sale
de nuevo el sol
y se refugian en las entrañas
de aquellos templos
que un día moró
el pueblo maya

---

35. El tunkul es un instrumento de percusión prehispánico de origen mesoamericano que establece el ritmo para una danza navideña, que se complementa con una armónica. El tunkul se toca golpeándolo con una vara de madera y suele estar adornado con motivos mayas.

que ciencias y artes
con gran maestría
las practicó.

Chichén Itzá,
Chichén Itzá,
oye a tu hijo
que canta hoy
a sus ancestros
y a tu grandeza
con gran orgullo
e inmenso amor.
¡Chichén Itzá.
Chichén Itzá,
repite el eco
de mi canción!

La danza, el juego de luces, la voz dramática del tenor; juntos propiciaron una atmósfera de romántica emoción. Con las últimas notas de la Danza Maya, todos estaban erizados y muchos lloraron de emoción, se pararon, aplaudieron, pidieron se repitiera, pero el sistema de luces falló, prendiendo únicamente las luces del área de acceso. Los técnicos no comprendieron lo que pasaba. Los funcionarios del INAH dijeron con caras muy serias: "Fueron los aluxes".

La cena consistió en antojitos de la cocina tradicional. Fue breve. Pronto se retiraron, quedando únicamente los custodios. De pronto se empezaron a escuchar tunkules, caracoles, cascabeles, aparecieron luces de antorchas en el interior de los edificios y en sitios de la explanada ¡Y fueron saliendo fantasmas! ¡No bailarines contratados! Los custodios en automático hicieron funcionar las cámaras de sus teléfonos celulares, grabando lo que ocurría.

A la mañana siguiente, todo Valladolid sabía lo sucedido, ocasionando cierto temor por el recuerdo de lo que había ocurrido sólo unos meses antes, pero al mismo tiempo estaban deseosos de que comenzaran los eventos de esa noche.

A los lados de la explanada del convento de San Bernardino de Siena, estaban los espectadores, al fondo la orquesta. Al frente un gran altar de muertos y mujeres que oraban por sus difuntos. Se apagaron las luces, movieron el altar; unos reflectores iluminaron alrededor de la orquesta, comenzaron a aparecer las personas que interpretarían la Suite de Noviembre, debidamente caracterizadas.

La muerte Catrina, la Garbancera de Posadas,[36] entró del brazo de don Porfirio Díaz.[37]

Cuando vio la orquesta, de su pequeño bolso de mano sacó un huesito con el que le hizo una señal a la orquesta que comenzó a interpretar el Vals de la Catrina, con dicha música, ella y don Porfirio comenzaron a bailar con gran elegancia.

Había llegado también el alma de una soldadera con su "Juan", quiso bailar, pero su pareja no se atrevía a hacerlo junto al señor presidente. Dado que las damas siempre se salen con las suyas, el soldado accedió, entró a la pista, la Garbancera vio a la revolucionaria y se alejó del sitio, puso cara de asco, lo cual lo notó la Adelita, se desternilló de risa, sacó de su bolsita de yute un huesito, con él hizo señal a la orquesta que cambió un poco

---

36. La Catrina Garbancera, también conocida como La Calavera Garbancera, es una figura creada en 1910 por el caricaturista mexicano José Guadalupe Posada. La Catrina es una calavera que lleva un sombrero de plumas y una mueca de felicidad, y que representa a los indígenas vendedores de garbanzos que aparentaban ser ricos y menospreciaban sus raíces.
37. Porfirio Díaz Mori, líder político y militar mexicano nacido en 1830 en Oaxaca. Participó en la Guerra de Reforma y luchó contra la intervención francesa. Fue presidente de México en dos periodos, de 1877 a 1880 y de 1884 a 1911, cuando renunció debido a la rebelión encabezada por Francisco I. Madero. Falleció en París en 1915.

el ritmo, permitiendo a la mujer de pueblo agregar a su baile algunos huarachazos[38] para enojar a la "dama", volviendo por momentos a la música original para demostrar que "sabía" bailar como una aristócrata, luego (muerta de risa), volver a dar un huarachazo. Entre los bailarines había una pareja vestida como mestizos yucatecos, y otra como españoles aragoneses. Ellos también deseaban bailar, así es que movieron sus huesitos, el ritmo cambió a jarana, comenzaron a bailarla y como los aragoneses sintieron que era una "jota", la bailaron como sabían; pero también estaban unos rancheros del centro del país, nuevamente huesito de por medio, ligero cambio en la música y jara, jota y son se bailaron al mismo tiempo en el escenario. De pronto se comenzaron a escuchar tambores, una batucada, apareció Carmen Miranda con su tocado de frutas tropicales, seguida de sus tamborileros, la música de samba alegró a todos, la soldadera y su "Juan" se unieron a la cola, les siguieron los mestizos yucatecos, los aragoneses, los norteños, todos bailando y haciendo el "tumbao".[39]

Don Porfirio quiso meterse a la cola, pero la muerte Catrina se lo impedía, hasta que el viejo logró zafarse. La Catrina se quedó con su levita en la mano, el presidente movía la cadera con ritmo y entusiasmo, la cola de bailarines se movía por todo el atrio, la Garbancera con el saco en la mano, bajo los reflectores se le quedó viendo al público, levantó los hombros y puso cara de "qué le vamos a hacer", tiró el saco, se integró a la cola, el grupo fue saliendo del atrio… y las luces se apagaron con la última nota de la orquesta.

---

38. En este caso, se refiere a "huarache", que es un tipo de sandalia común en los indígenas mexicanos y de otros países hispanoamericanos. No confundir con un platillo típico mexicano que simula la forma de estas sandalias.
39. Estilo característico para caminar o bailar con confianza y ritmo, lo cual se asocia con la actitud y la gracia de una persona. También puede ser un ritmo de la rumba cubana.

El público estalló en aplausos. Los artistas salieron a escena. Después de diez minutos de ovación, la Catrina sacó a bailar a un espectador, don Porfirio invitó a bailar a una dama del público, los demás artistas los imitaron y pronto todos estaban bailando cada una de las piezas que se habían interpretado. La fiesta, en toda la ciudad, duró hasta muy entrada la mañana, pero hasta el último día de noviembre los visitantes permanecieron y algunos se quedaron a vivir.

Don José de Sierra, sus amigos, el fraile, el renco Alanís, los espíritus de mayas, españoles y piratas se dijeron fascinados y ¿prometieron o amenazaron?

—¡*Nos vemos el próximo año!*